Arena-Taschenbuch

Band 50365

Ebenfalls von Patricia Schröder im
Arena-Taschenbuch erschienen:

Beste Freundin, blöde Kuh! (Band 50348)
Beste Freundin, blöde Kuh! Und raus bist du (Band 50356)
Beste Freundin, blöde Kuh! Eine wie keine (Band 50357)
Schwesterherzen – leicht verkracht, schwer verliebt (Band 2898)
Zicke, Zacke, Liebesattacke (Band 50137)
Küsse, Krisen, erste Liebe (Band 50355)
Ein Kuss für alle Fälle (Band 50363)

Patricia Schröder,
1960 geboren, lebt mit Mann, zwei Kindern und einer Handvoll Tieren an der Nordsee. Sie studierte Produktdesign und arbeitet seit einigen Jahren als freie Autorin. Zuerst schrieb sie satirische Beiträge für den Funk, später Texte für Anthologien, bevor sie ihre Liebe fürs Kinder- und Jugendbuch entdeckte. Inzwischen sind zahlreiche Kinder- und Jugendromane bei Arena veröffentlicht. Mehr über die Autorin unter www.patricia-schroeder.de.

Patricia Schröder

P. S. Liebst du mich auch?

Arena

1. Auflage als Arena-Taschenbuch 2012

Erstmals erschienen unter dem Titel *Bis über beide Ohren*

Covergestaltung: Iris Blanck
Reihengestaltung: Frauke Schneider
Umschlagtypografie: knaus. büro für konzeptionelle und visuelle identitäten, Würzburg
Gesamtherstellung: Westermann Druck Zwickau GmbH
ISSN 0518-4002
ISBN 978-3-401-50365-3

www.arena-verlag.de
Mitreden unter forum.arena-verlag.de

1

»Hey, Pille, gibst du mir mal den Bücherkarton rüber?« Diese Frage ertönt aus der Kehle meiner drei Jahre älteren Schwester Gina. Dabei steht sie mindestens fünf Schritte näher an der kleinen, mit Leopardenpapier überzogenen Schachtel als ich. Und außerdem handelt es sich höchstwahrscheinlich nicht so direkt um eine Frage, sondern eher um einen Befehl.

»Warum schmeißt du deine sieben, acht Bücher nicht gleich in den Müll?«, murre ich. »Du liest sie doch sowieso nicht.«

»Es sieht einfach besser aus«, erwidert Gina. Sie wirft ihre langen schwarzen Haare gekonnt nach hinten und klatscht dabei ungeduldig in die Hände. »Nun mach schon.«

Ich lasse Romeo und den giftgrünen Fransel auf den nächstbesten Sessel fallen, schnappe mir den Leopardenkarton und halte ihn direkt unter meine Nase.

»Grrr!«

Gina stemmt die Hände in ihre Wespentaille und stöhnt.

»Jetzt hör auf mit dem Theater! Der beißt nicht.«

Als wenn ich das nicht selber wüsste! Warum sind große Schwestern nur so entsetzlich humorlos? Ich knalle

Gina ihren dämlichen Karton vor die Füße und beschließe nun endlich, Romeo und den giftgrünen Fransel, die auch in dieser neuen Behausung weiterhin in meinem Bett schlafen werden, in mein Zimmer hinüberzutragen. Und wenn die Große das noch so albern findet!

»Pille?«

Die Stimme scheint von irgendwo ganz unten aus dem Treppenhaus zu kommen.

»Hilfe! Pille! Ich hänge fest.«

Verdammt, Nadine!

»Wo ist denn Mama? Kann sie dir nicht helfen?«, rufe ich in Richtung Wohnungstür.

»Ich weiß nicht.«

Sie klingt so, als befände sie sich kurz vor einer ihrer alles überschwemmenden Tränendrüsenentleerungen. Ich stapfe zum Treppenansatz und spähe hinunter. Nadine steht wie festgeklebt auf der ersten Stufe der zweiten Etage und ist bis unters Kinn mit Kästchen und Tüten beladen.

»Warum lässt du den ganzen Plunder nicht einfach fallen?«

»Weil Mama mir die Schachtel mit den letzten guten Weingläsern noch dazwischengeklemmt hat.«

Sie guckt mich verzweifelt an und ich sehe sofort ein, dass sie das alleine tatsächlich nicht geregelt kriegt. Ich nehme mehrere Stufen auf einmal und renne an meiner Schwester vorbei durch den kleinen Vorgarten auf den Bürgersteig hinaus.

»Mama!«

Nichts.

»Mama!«

»Ja, doch, Samantha, vielleicht könntest du mir auch mal etwas abnehmen«, knurrt sie mir entgegen, als sie um die Ecke gestiefelt kommt. Natürlich nicht weniger bepackt als Nadine. Die Welt ist eben ungerecht.

»Was denkst du eigentlich, was ich die ganze Zeit über tue?«, fauche ich zurück. »Von meinen Sachen ist nämlich noch kein Stück drinnen.«

»Außer dem giftgrünen Fransel und Romeo natürlich, nicht wahr?«

Mama lächelt so breit, als hätte sie gerade den Dreißigjährigen Krieg gewonnen. Im gleichen Moment fällt die oberste Tüte. Ich sprinte los und fange sie auf.

Sie seufzt erleichtert.

»Was sollten wir nur ohne dich anfangen?«

»Ihr wärt schon längst ausgestorben«, erwidere ich bissig und werfe einen Blick in die Unfalltüte. Glühbirnen. Und ich habe ausnahmslos alle gerettet.

»Pille!«

Der Schrei schrillt aus dem Treppenhaus.

Nadine. Die hätte ich beinahe vergessen. Und leider muss ich ja einsehen, dass Mama ihr nun wirklich nichts mehr abnehmen kann. Ich stelle die Tüte mit den Glühbirnen vorsichtig ab, mache flugs eine Kehrtwendung und eile meiner jüngeren Schwester zu Hilfe.

Von dieser Seite aus bemerke ich jetzt auch, dass sich

ihr hauchzartes Tüllkleid am Saum um einen alten verbogenen Nagel im Treppengeländer gewickelt hat.

»Wann siehst du endlich ein, dass Jeans manchmal praktischer sind?«

Ich schaue in Nadines Rehaugen und weiß sofort: Das war die wahrscheinlich sinnloseste Frage, die mir bisher über die Lippen gerutscht ist, denn meine jüngere Schwester würde sich eher einen Fischschwanz wachsen lassen, als jemals so ein Ding mit zwei Hosenbeinen über ihren Allerwertesten zu streifen.

Wortlos entheddere ich ihr Kleid und nehme anschließend die Schachtel mit den Weingläsern in meine Obhut.

»Ihr könntet euch ruhig endlich abgewöhnen, euch ständig auf meine Hilfe zu verlassen«, sage ich dann. Sie glotzt mich erstaunt an. Gleichzeitig brüllt Gina von oben herunter: »Warum das denn auf einmal?«

Ja, warum?

Seit Nadines Geburt steht nämlich eins fest: dass ich bis in alle Ewigkeit nur noch dieses berühmt-berüchtigte Mittelstück sein werde und die Person Samantha Rottmann schlichtweg nicht mehr existiert. War Gina bereits zu groß, um gegen halb acht abends im Bett zu verschwinden, und Nadine zu klein, um Mama beim Abtrocknen zu helfen, so waren diese beiden Situationen für mich immer passgenau. Nur ich war nie zu klein oder zu groß. Ich konnte immer alles und war niemals für etwas zu schade. Und so wurde aus Samantha innerhalb kürzester Zeit *die Pille.*

Die Pille als Kurzform für Medikament oder eben als dieses Mittel für alles.

Deshalb müsste ich Nadine eigentlich aus tiefstem Herzen für ihr Erscheinen auf dieser Erdkugel hassen. Aber komischerweise tue ich das nicht.

»Ich werde mich mit diesem Zimmer niemals anfreunden«, seufzt Gina und glotzt hingebungsvoll auf ihren Joghurtbecher, als könne sie allein dadurch schon satt werden.

»Du hast doch wirklich das größte und schönste der ganzen Wohnung«, sage ich empört.

»Aber es ist eben nicht mein altes.«

Mama hatte wohl gehofft, sich Ginas ewiges Gejaule ersparen zu können, indem sie die Küche zum Gemeinschaftsraum ernannt und ihr dafür ohne großartige Diskussionen das eindeutig beste Zimmer zugebilligt hat.

Sie selbst hat sich den Eckraum ausgesucht. Der hat zwei Fenster bis fast unter die Decke und ist hell genug für ihre Schmierereien, die sie Kunst nennt. Außerdem hat er eine Balkontür – und noch zwei andere Türen. Die eine zum Flur und die andere zu Nadines Zimmer. Das ist der Grund dafür, weshalb ich es nicht kriegen konnte. Meine kleine Schwester hat nachts häufig Albträume, deshalb möchte Mama möglichst in ihrer Nähe schlafen. Und so bewohnt Nadine jetzt das drittgrößte, drittschönste Zimmer, ebenfalls mit Balkontür, und ich nur den schmalen Schlauch zwischen Gina und Mama, von dem ich gar nicht gewusst hatte, dass er überhaupt existiert.

»Wo soll ich heute Nacht überhaupt schlafen?«, mault Nadine.

»Genau wie wir alle erst einmal auf den Matratzen«, sagt Mama.

»Und wann stellst du mein Bett auf?«

»Fragst du etwa Mama?«, lacht Gina.

»Na, Pille kann das doch auch nicht, oder?« In Nadines Augen flackert ein kleiner Hoffnungsschimmer auf.

»Nee, wirklich nicht.«

Ich schüttle den Kopf. Nadine zieht einen Flunsch und wendet sich an Mama.

»Warum musstest du dich denn auch gleich von Papa trennen?«

»Das verstehst du nicht, Kleine«, sagt Gina hochmütig und zieht genüsslich den Aludeckel von ihrem Joghurtbecher ab.

»Aber du, was?«

»Vergiss nicht, unsere Große wird in drei Monaten schon sechzehn«, sage ich und schieße dabei mit meinen Augen einen Pfeil direkt zwischen die beiden Brüste meiner drei Jahre älteren Schwester.

Mama stützt die Stirn auf ihre Hände und schweigt.

»Mensch, hört doch endlich auf damit«, sagt Nadine und legt tröstend eine Hand auf Mamas Rücken. »Gleich weint sie wieder.«

»Wer hat denn angefangen?«, erwidert Gina und taucht langsam die äußerste Spitze ihres Teelöffels in die weiße Magermilchmasse, die natürlich ohne Fruchtgeschmack ist.

»Pass bloß auf, dass du nicht zu dick wirst«, flöte ich.

»Ihr habt eben einfach keine Ahnung von wahrem Genuss.«

Gina schleckt den Löffel ab, als handle es sich dabei um eine Megaportion Himbeereis mit Sahnehäubchen.

Ich ziehe die Mundwinkel nach unten, weil ich mir einfach nicht vorstellen kann, wie sie ständig nur dieses saure Zeug in sich reinschlürfen kann.

»Das ist sie doch schon«, frotzelt Nadine.

Gina hört sofort auf zu essen.

»Was?«

»Na, zu dick.«

»Pah, das sagst du doch nur, weil du neidisch auf meine weiblichen Formen bist.«

Trotzdem steht Gina gleich auf, um ihre Figur im Garderobenspiegel, der bisher im Flur nur an die Wand gelehnt ist, zu kontrollieren.

»Nadine ist erst neun. Wieso sollte sie neidisch sein?«, frage ich.

»Na, dann bist du's eben«, ruft Gina zu mir rüber. »Und außerdem bin ich überhaupt nicht zu dick.«

»Hoffentlich ist Minos derselben Meinung.«

»Ach, hör doch auf. Der interessiert mich gar nicht.«

»Ist sie etwa schon wieder vorbei, die große Liebe?«

»Was weißt du denn schon davon?«

Natürlich nichts. Aber ich empfinde das nicht unbedingt als Nachteil.

»Ich habe eben auch so meine Geheimnisse«, sage ich, weil ich weiß, dass Gina so etwas maßlos ärgert.

»Ich auch«, trumpft Nadine auf und beißt dabei gierig in ihr Käsebrot.

Mama stöhnt einmal in jede Richtung, verdreht die Augen und verlässt fluchtartig unsere gemeinschaftliche Küche.

Zwischen meiner Matratze und der Wand links neben mir ist gerade noch ein knapper Meter Platz. Ich schiebe den Stuhl für meine Klamotten in die äußerste Ecke und richte meinen Nachttisch erst einmal provisorisch auf dem Fußboden ein. Ein Wasserglas, den Wecker, eine Kerze mitsamt Engelunterständer, der von Gina natürlich belacht und von Nadine stets neidisch beäugt wird, ein Päckchen Streichhölzer, manchmal ein Buch – heute allerdings nicht – und ein Kondom, von dem ich nicht weiß, ob ich es überhaupt jemals brauchen werde. Aber allein, dass Mama es andauernd beargwöhnt, ist schon Grund genug, es nicht einfach an Gina zu verschenken.

Im Moment kann ich mir nicht einmal vorstellen, irgendwann selbst so alt zu sein wie sie. Und damit ständig verliebt. Jungs sind doch sowieso die blödeste Erfindung seit Adam und Eva. Ich verstehe nicht, wieso der liebe Gott nicht von Anfang an einfach nur Eva erschaffen hat. Die hätte diesen verdammten Apfel dann ganz genüsslich allein verzehren können und nichts weiter wäre passiert.

Zugegeben, in der vierten Klasse der Grundschule, da gab's mal einen, den ich ganz nett fand. Norbert. Ich habe ihm sogar so eine Art Liebesbrief geschrieben und ihn zusätzlich mit zwei Euro bestochen, mein Freund zu werden. Geld mit Apfelfunktion sozusagen. Wir haben uns ein paar Mal getroffen und sind zusammen auf sämtlichen Bäumen der Umgebung herumgekraxelt. Ab und zu hat er »Schatzi« zu mir gesagt, aber zum Glück hat er mich nie geküsst. Ich glaube, ich wäre glatt daran gestorben.

Die Matratze ist angenehm hart auf dem Fußboden und ich beginne zu überlegen, ob ich mein Bettgestell hier überhaupt brauche. Es würde in diesem Schlauchzimmer doch sowieso nur unnötig viel Platz wegnehmen. Ein kurzer Gedankenaustausch mit Romeo und ich weiß, dass er dasselbe meint. Also wird der giftgrüne Fransel, der immer zwischen uns liegt, wohl auch damit einverstanden sein. Ja und die Gardine muss natürlich weg. Gleich morgen werde ich sie herunterreißen. Damit es wenigstens ein bisschen heller wird hier drin. Die prächtige Yuccapalme werde ich wohl oder übel einer meiner lieben Schwestern überlassen müssen. An Nadine könnte ich sie eventuell verleihen, aber sie würde unter Garantie vergessen, sie zu gießen. Und Gina lässt nur Eigentum über ihre Schwelle, was hieße, dass ich ihr meine geliebte Pflanze einfach so schenken müsste. Wer weiß. Möglicherweise erbarmt sich ja auch Mama. Immerhin hat sie mir eigenhändig dieses supertolle Zimmer verschafft.

Von links ertönt Xavier Naidoo, der möglichst unauffällig immer lauter geschraubt wird. Na warte, Gina! Ich springe von der Matratze und schmeiße Bruno Mars in meinen CD-Player. Da wollen wir doch erst mal sehen, wer hier den Ton angibt!

Eine Sekunde später steht Mama in meiner Tür und brüllt mich an. Ich verstehe zwar kein Wort, aber ich drehe die Musik trotzdem sofort leise. Von Xavier Naidoo ist jetzt kaum noch etwas zu hören. Der Vorteil ist eben grundsätzlich auf Ginas Seite.

»Nadine kann nicht schlafen«, sagt Mama.

Und ich bin wieder einmal die Blöde.

Als ich am nächsten Morgen meine Knochen in die Küche bewege, ist der Rest der sowieso schon um meinen Vater gekürzten Familie bereits ausgeflogen.

Klar, Mama sucht einen Job und Gina bestimmt etwas Neues zum Anziehen, während Nadine wahrscheinlich längst bei Britta spielt, in unserem alten Stadtteil, gleich zwei Straßen von Papas Wohnung entfernt. Britta ist Nadines absolute Busenfreundin, schon seit dem Kindergarten. Es wundert mich immer wieder, dass die zwei noch nicht zusammengewachsen sind, wenn sie es schon versäumt haben, der Einfachheit halber gleich als siamesische Zwillinge auf die Welt zu kommen.

Eine solche Freundin habe ich bisher noch nicht gefunden. Nicht einmal annähernd. Es ist schon ein Kreuz. Irgendwie finden die Mädchen, die ich nett finde, immer eine andere netter als mich oder haben bereits eine beste Freundin. Dabei bin ich doch nun wirklich der umgänglichste Mensch, den man sich vorstellen kann.

»Du hast einfach zu wenig Profil«, hat Babsi vor ein paar Wochen zu mir gesagt und es dann vorgezogen, zukünftig lieber mit dieser komischen Heike Melchitz durch die Gegend zu ziehen. Na ja, die ist auch schon dreizehn, darf mindestens 'ne halbe Stunde länger raus als alle anderen, die man so kennt, und hat nicht nur bunte Haare, sondern auch noch ihr halbes Zimmer voller Tanzmäuse. Da kann ich nun mal leider nicht mithalten.

»Was ist eigentlich Profil?«, habe ich am nächsten Tag gleich Papa gefragt, als wir gerade mit einem Gitterwagen durch den Baumarkt schoben und nach der passenden Farbe für sein Büro Ausschau hielten. Mein Vater ist Schriftsteller und immer, wenn er eine schlechte Phase hat, muss er seinen Arbeitsraum umstreichen. Meistens fließt dann schon kurz danach wieder ein Bestseller aus seiner Feder. Wobei Bestseller bedeutet, dass er der Einzige ist, der diese Meinung hat. Mama findet seine Romane grauenhaft und ich habe noch nie einen gelesen, weil mich immer schon auf der ersten Seite das große Gähnen überfällt.

Aber das Deprimierendste für ihn ist wohl, dass sich bisher auch noch kein einziger Verlag für eines seiner Bücher interessiert hat.

»Guck dir mal die Holzleisten an«, hat Papa gesagt und dabei auf eine Wand gedeutet, an die unzählige lange und kurze, breite und dünne, eckige und runde oder sonst wie geformte Bretter oder eher Brettchen angelehnt waren.

»Welche meinst du?«

»Na, die glatten da vorne, die haben kein Profil.«

»Aha.«

Ich bin mir im ersten Moment allerdings nicht so ganz sicher gewesen, ob ich mit dieser Information überhaupt etwas anfangen konnte.

»Aber die weiter hinten, die mit eingearbeiteten Rillen und vorstehenden Kanten, sogenannte Nut- und Federbretter, das sind Profilhölzer.«

»Na, dann habe ich wohl wirklich keins.«

Ich muss ganz schön frustriert ausgeschaut haben. Aber mein Vater hat nur verständnislos den Kopf geschüttelt, als ich es ihm erklärt habe.

»Da bin ich aber ganz anderer Meinung. Und mit diesen Hölzern lässt sich das ja wohl auch gar nicht vergleichen. Wer hat dir bloß so einen Unsinn erzählt?!«

»Babsi aus meiner Klasse.«

»Und was könnte sie damit gemeint haben?«

»Wahrscheinlich, dass ich langweilig bin im Gegensatz zu Heike mit ihren bunten Haaren und den Tanzmäusen.«

Da hat Papa seinen Kopf zurückgeworfen und aufgelacht.

»Na, hör mal, als ob es darauf ankäme. Haare kann man schließlich färben und Mäuse gibt es in jeder Zoohandlung.«

Ich wühle mir durch meine aschblonden Stängel, schlendere hinüber zum Kühlschrank und angele etwas Schnittkäse heraus. Leider kleben wieder einmal sämtliche Scheiben zusammen. Genervt werfe ich den Käse in den Kühlschrank zurück und mache mich stattdessen über die Aprikosenmarmelade her. Dann schenke ich mir noch etwas kalten Tee ein. Als ich meinen Stuhl zurechtrücke, klingelt es plötzlich.

Ich lasse den Löffel in das Marmeladenglas fallen, lecke mir über die klebrigen Lippen und überlege. So ungewaschen mit Sauerkrautfrisur und im viel zu kurzen Schlafhemd kann ich nicht einmal dem Postboten die Tür öffnen. Was also soll ich tun?

Vielleicht ist es ja nur die Hausmeisterin, die uns mit ernstem Gesicht und schmutzallergischen Augen mitteilen will, in welcher Woche wir bitte die Treppe zu putzen haben. Oder ein neugieriger Nachbar, der unbedingt wissen möchte, wer gestern hier eingezogen ist.

Und wenn nicht?

Ich erhebe mich von meinem Stuhl und schleiche auf Zehenspitzen in Richtung Wohnungstür. Mist! Kein Spion in diesem Altbau.

Aber dafür ein Kettenschloss. Mit etwas Geschick

könnte ich mich vielleicht so günstig postieren, dass der Türspalt nicht allzu viel von meiner peinlichen Erscheinung preisgibt.

»Wer ist da?«, frage ich.

Niemand antwortet. Stattdessen schellt es ein zweites Mal. Bei uns und auch noch woanders im Haus.

Klingelmäuschen, schießt es mir durch den Kopf. Jemand anderes im Haus drückt auf.

Gleich darauf höre ich Schritte im Treppenhaus und jemanden sprechen. Dann kommen die Schritte näher und enden schließlich vor unserer Tür.

»Wer ist da?«, frage ich noch einmal.

»Post für Rottmann.«

»Ja«, sage ich und drücke vorsichtig die Klinke herunter.

Im schmalen Türspalt erscheint ein blaues Auge, eine Nase und ein halbes stoppeliges Kinn.

»Bin ich hier richtig bei Rottmann?«

»Ja, noch«, antworte ich. Im gleichen Augenblick wird mir klar, was ich für einen Schwachsinn rede. Selbst wenn meine Eltern sich tatsächlich scheiden ließen und meine Mutter wieder ihren Mädchennamen annähme, würde ich doch immer noch Rottmann heißen. Samantha Rottmann.

»Entschuldigung, aber Sie haben kein Namensschild an der Tür«, sagt der Mann von der Post.

»Wir sind erst gestern eingezogen.«

»Ach so.« Er zögert. »Äh, ich habe hier ein Paket für Sie.«

Was? Ein Paket?

»Wie groß ist es denn?«, frage ich neugierig.

»Ziemlich«, erwidert er. »Und schwer.«

»Dann kann es unmöglich für uns sein.«

Das Auge, die Nase und das halbe Kinn verschwinden auf einmal.

»Äh, Gina Rottmann.« Die Nase und ein Mund tauchen wieder auf. »Sind Sie Gina Rottmann?«

»Nein, Pille.«

»Wie?«

»Äh, ich meine Samantha. Ich bin Samantha. Kann Gina ihr Paket nicht selbst abholen? Ich meine, von wem ist es denn?«, stottere ich.

Die Nase und der Mund tauchen ab. Dafür wallt jetzt einen halben Meter weiter unten eine dunkle Lockenmähne durch den Spalt.

»Ähm. Buchhandlung Derenbrock.«

»Nee. Völlig unmöglich. Gina liest nicht.«

Wenn man sich ihre Sechs in Deutsch ansieht, könnte man fast annehmen, dass sie's auch überhaupt nicht kann.

Dann fällt mir aber ein, dass in ihrem neuen Regal noch jede Menge Platz ist. Und dass Minos eine absolute Leseratte ist.

»Na ja, es könnte allerdings doch sein, dass meine Schwester das bestellt hat.«

»So. Was denn nun?« Der Postmann scheint allmählich ungeduldig zu werden. »Wollen Sie das Paket jetzt annehmen oder nicht?«

»Ja, doch.«

»Dann müssten Sie bitte die Tür öffnen.«

»Das geht nicht, weil . . . weil . . .«

». . . ja?«

»Weil sie klemmt.«

Puh, gerettet!

Er flucht etwas, das ich nicht verstehe, und verschwindet. Ich will die Tür gerade wieder schließen, da schiebt sich eine rote Karte durch den Spalt.

»Damit kann Ihre Schwester das Paket innerhalb von sieben Tagen beim Postamt Fideliustraße, Ecke Klingenbergstraße zwischen neun und sechzehn Uhr gegen Vorlage ihres Personalausweises abholen.«

»Außer samstags«, sage ich.

»Wie?« Die Nasenspitze erscheint. »Ja, samstags natürlich nur bis zwölf Uhr. Wenn Sie die Sendung nicht wollen, dann geht sie nach den besagten sieben Tagen wieder zurück an den Absender.«

Und dann sind auf einmal seine sämtlichen mir bekannten Körperteile verschwunden. Es ertönen ein leises Ächzen und sich schlurfend entfernende Schritte. Ich drücke mein Gesicht in den Türspalt. Er trägt eine Jeans und ein weißes T-Shirt. Und er scheint noch ziemlich jung zu sein. Doch warum interessiert mich das?

Ich schließe die Wohnungstür und tapse zurück in die Küche. Sogar gesiezt hat er mich. Ob ich wohl älter wirke, als ich in Wirklichkeit bin? Ich renne in Ginas Zimmer und stelle mich vor ihrem Zweimeterspiegel auf.

Aber ich erblicke darin nichts weiter als das altbekannte schmale Hühnchen ohne viel Brustfleisch, dafür aber mit fürchterlich langen dünnen X-Beinen und einer fetttriefenden Frisur, die im Moment ein wenig gerupft aussieht.

Sofort verlasse ich diesen unglückseligen Ort. Und als ich wieder vor meinem fast leeren Aprikosenmarmeladenglas ankomme, breitet sich in mir eine wunderbare Erleichterung darüber aus, dass ich das Paket für Gina nicht angenommen habe.

Nadine ist gleich bei Britta geblieben, um dort zu übernachten.

»Das fängt ja gut an«, seufzt Mama.

»Wieso? Was hast du denn auf einmal? Nadine pennt doch oft bei Britta«, sagt Gina. Sie legt die Scheibe Graubrot, die ihr meine Mutter aufs Brettchen getan hat, wieder zurück in den Korb und holt sich einen Becher Joghurt aus dem Kühlschrank.

»Na ja, aber ausgerechnet heute!«

Wir sehen unsere Mutter fragend an.

»Sie hat doch letzte Nacht so schlecht geschlafen.«

»Auch das ist nichts Besonderes«, meine ich.

»Ihre erste Nacht in der neuen Wohnung«, sagt Mama.

»Du machst dir immer viel zu viele Sorgen«, meint Gina und lutscht genüsslich an ihrem Teelöffel, auf dem noch gar nichts drauf ist.

»Dann kann ich doch heute in Nadines Zimmer schlafen«, schlage ich vor.

Doch Mama schüttelt den Kopf. »Du könntest dich daran gewöhnen.«

»Also gibst du zu, dass ich eindeutig die schlechteste Hütte habe.«

Meine Mutter reibt sich die Augen und nickt. Dann hebt sie hilflos die Schultern an. »Aber ich habe es dir doch erklärt.«

»Und wenn Nadine sich nun entscheidet, doch bei Papa zu bleiben?«, schmeißt Gina in den Raum.

»Oder ich«, sage ich.

»Ja, oder du, blöde Kuh.« Gina lacht sich beinahe halb tot über diesen unglaublich komischen Reim.

Mama findet das alles gar nicht witzig. »Ihr könntet ruhig mal ein wenig darüber nachdenken, dass die ganze Situation für mich überhaupt nicht einfach ist.«

Gina stellt ihren Joghurtbecher, der noch fast voll ist, obwohl sie die ganze Zeit über intensive Mundbewegungen gemacht hat, auf den Tisch.

»Und was ist mit uns?«, ruft sie wütend. »Für uns ist das wohl Kinderkram, was? Wieso hast du dich denn überhaupt von Papa getrennt?«

Ja, wieso? Eigentlich haben sie sich doch gern. Das sagen sie jedenfalls, dass sie sich immer noch lieb haben. Trotzdem haben sie sich in der letzten Zeit ständig gestritten. Mama hat immer gebrüllt, sie hätte keine Lust mehr, zu arbeiten und seine Spinnereien zu unterstützen. Von wegen berühmter Schriftsteller! Er sollte wenigstens was Vernünftiges arbeiten. Etwas, wofür es auch Geld gibt. Oder wenigstens den Haushalt perfekt schmeißen. Mit Ginas, Nadines und meiner Hilfe natürlich. Aber Papa wollte nicht mehr tun, weil er es so in Ordnung fand, wie es war.

Sie stritten sich darum, ob es zweckmäßig sei, die Spülmaschine immer direkt auszuräumen, ob die Zeitschriften in Ordnern gesammelt oder einfach aufgestapelt werden sollen, ob man immer eine Tube Zahnpasta auf Vorrat brauche oder ob das Klo ein- oder zweimal die Woche geputzt werden muss.

Mama war immer der Meinung, dass sie recht hat, und zum Schluss rastete sie schon aus, wenn Papa wieder neue Farbe für sein Schreibzimmer kaufen wollte.

Und als sie dann vor zwei Monaten auch noch ihren tollen Job als Chefsekretärin in einem kleinen Architekturbüro verlor, war es ganz aus.

»Du findest doch bestimmt bald etwas Neues«, versuchte Papa, sie zu trösten. »Schließlich ist es nicht deine Schuld gewesen, dass keine Aufträge mehr gekommen sind.«

Aber Mama hat nur gesagt: »Du solltest lieber einmal wieder selber arbeiten.«

»Ja, was denkst du denn eigentlich, was ich den ganzen Tag über tue?!«, hat Papa sie angebrüllt.

Mama hat sich auf den nächstbesten Stuhl fallen lassen und angefangen zu heulen.

»Ich weiß, ich weiß«, hat sie geschnieft. »Du hast in den vergangenen zwei Jahren bestimmt tausend Seiten vollgekritzelt, ohne dass wir uns dafür auch nur eine Scheibe Wurst kaufen konnten. Wirklich klasse! Mein Kompliment.«

»Glaub mir, es ist nur eine Frage der Zeit.« Papa war gleich wieder etwas ruhiger, weil er sie überzeugen wollte. »Irgendwann brauchst du gar nicht mehr zu arbeiten und kannst den ganzen Tag in der Sonne liegen, während unsere hauseigene Perle sogar dreimal in der Woche die Toilette wienert.«

Mama hat einen tierischen Lachkrampf gekriegt, der für meinen Geschmack ein bisschen zu hysterisch ausgefallen war. Und als sie sich nach einer halben Ewigkeit endlich wieder eingekriegt hatte, schlug sie entschlossen mit der flachen Hand auf den Tisch und verkündete: »So, ich suche mir und den Kindern jetzt eine eigene Wohnung.«

Da konnte Papa jammern und betteln, wie er wollte, ihr Entschluss stand fest und Gina, Nadine und ich blöderweise vor vollendeten Tatsachen.

»Ich ziehe nicht aus«, sagte Gina. Nadine und ich waren derselben Meinung. Zum ersten Mal herrschte unter uns Geschwistern perfekte Einigkeit.

»Na, gut«, erwiderte Mama. »Dann verwahrlost ihr hier eben so lange, bis ich eurem Vater das Jugendamt auf den Hals schicken muss.«

Papa ist knallgrün geworden vor Wut, aber er hat sich

zusammengerissen. Vielleicht hat er ja auch gehofft, dass Mama sich wieder einkriegen würde oder dass sie keine Wohnung findet oder so was Ähnliches. Und wir drei Mädels hofften mit ihm.

Aber Mama ist eben kein Mensch wie Papa, der immer darauf wartet, dass ihm das Schicksal von selbst alles vor die Füße pflanzt. Sie packt die Dinge an und erledigt sie so, wie sie sie sich in den Kopf gesetzt hat. Und deshalb hatten wir blöderweise auch schon eine Woche später diese neue Wohnung in Aussicht.

Und genau darum liege ich jetzt hier in meinem Schlauchzimmer und muss mir das Gehirn zermartern, wie ich bloß alle meine Sachen unterbringe, während sich Gina einfach mal so eine ganze Kiste Bücher zusätzlich bestellt, von denen sowieso kein einziger Buchstabe jemals näher in Kontakt mit ihren Pupillen treten wird.

Das Leben ist ungerecht, besonders für solche profillosen Mitteldinger wie mich.

»Wieso gibst du mir die Karte erst jetzt?«, blitzt Gina mich an, als ich ihr das rote Teil auf den Schreibtisch lege.

»Beruhig dich. Du hast noch fast 'ne Viertelstunde Zeit«, sage ich betont lässig und zerspringe dabei innerlich fast vor Vergnügen.

»Ich bin mitten in den Matheaufgaben«, stöhnt sie. »Kannst du nicht gehen?«

»Ist viel zu schwer.«

»Ach, komm, Pille. Kannst auch mein Fahrrad nehmen.«

Ich denke an meine Yuccapalme und überlege, ob das ein gutes Geschäft sein könnte, was mir da gerade einfällt.

»Und was krieg ich dafür?«

»Hey!«, blökt Gina los und guckt mich ziemlich empört an. »Was sind denn das für neue Aspekte?«

»Was für Dinger?«

Wenn meine liebe große Schwester meint, hier mit Fremdwörtern herumschmeißen zu müssen, darf sie sich nicht wundern, wenn sie ihrer ach so begehrten Büchersendung gleich nur noch mit dem Fernglas hinterherglotzen kann.

»Du könntest meine Yucca dafür leihweise bei dir im Zimmer unterbringen«, sage ich, bevor sie lang und breit damit angeben kann, dass sie weiß, was Aspekte sind. Schließlich haben wir ein Lexikon und im Gegensatz zu ihr kann ich sogar damit umgehen.

Gina tippt sich an die Stirn und springt auf.

»Weißt du, was, meine Süße«, sagt sie. »Du stiehlst ja doch nur meine wertvolle Zeit.« Greift sich die rote Karte vom Tisch, wirft noch schnell einen prüfenden Blick in ihren überdimensional großen Spiegel und rauscht davon.

»Vergiss deinen Ausweis nicht!«, brülle ich ihr hinterher, aber das kriegt sie gar nicht mehr mit. Na prima, freue ich mich, dann wird sie voraussichtlich in spätestens zehn Minuten äußerst schlecht gelaunt wieder hier einlaufen.

2

Als ich einsteige, habe ich ein blödes Gefühl in der Magengegend. Nur, wer das schon mal erlebt hat, weiß, was es heißt, als Neue im Bus zu sitzen. Bis zur Schule ist es jetzt nicht nur weiter, sondern auch eine vollständig andere Strecke. Babsis Strecke. Aber es nützt mir überhaupt nichts, dass wir uns schon kennen. Das allgemeine Getuschel ist trotzdem unausweichlich. Natürlich kann ich mich auch nach vorne zwischen die ganz normalen Fahrgäste setzen, aber dann bin ich wahrscheinlich bis in alle Ewigkeit als hoffnungsloser Feigling verschrien.

Ich schiele durch meine fahlen Ponyfransen und sehe, dass in der dritten Reihe von hinten noch eine Zweierbank frei ist. Kurz entschlossen rutsche ich zum Fenster durch und schmeiße meinen Rucksack auf den Platz neben mir, damit bloß keiner auf die Idee kommt, sich dort niederzulassen und mir auf die Nerven zu gehen.

Das Beste in meiner Lage wäre, jetzt zwar lauthals zu verkünden, wer ich bin: Name, Adresse, Telefonnummer, Schule, Klasse und so weiter, dann wäre mit einem Schlag Ruhe im Bus. Das habe ich selbst schon einmal erlebt, als nämlich im letzten Jahr die Neue aus Brandenburg an unser Gümmi gekommen ist. Aber die hatte auch, Gott weiß, woher, ein fast schon abartig gesundes Selbstbewusstsein und ich für mein Teil befürchte, dass ich nur einen schlechten Eindruck hinterlasse, wenn ich das nachmache.

Also knautsche ich mich in meiner Sitzbank möglichst klein zusammen und warte ab, dass Stille eintritt. Und wirklich. Schon drei Haltestellen weiter scheinen sich für heute alle beruhigt zu haben. Ich fahre meinen Hals wieder aus und spähe aus dem Fenster.

Es regnet noch immer. In den Straßenrinnen haben sich bereits riesige Pfützen gebildet, und als der Bus das nächste Mal bremst, spritzt eine riesige Fontäne auf. Alle, die an der Haltestelle warten, springen mit weit aufgerissenen Augen mindestens zwei Meter nach hinten.

Nur einer bleibt stehen. Ein Astronaut. Wobei sich mir natürlich gleich die Frage aufdrängt, wie ein Astronaut in unsere Gegend kommt und warum er jetzt ausgerechnet in diesen Bus einsteigt.

Als er sich bis zu den hinteren Reihen durchschlängelt, ist das dämliche Gefühl in meinem Bauch sofort wieder da. Stumm und voll freudiger Erwartung folgen ihm sämtliche Schüleraugenpaare bis zu meiner Sitzbank.

Triefend vor Nässe, bleibt er stehen und ich mustere möglichst unauffällig seinen merkwürdigen Anzug. Wie selbst genäht sieht der aus. Ein Overall aus blauer Plastikfolie, an den oben über dem Hals ein Motorradhelm mit Schutzfenster angeklebt ist. Der Astronaut hebt seine

Plastikhand, schiebt das Fenster nach oben und zeigt auf meinen Rucksack.

»Enthält der irgendwas Lebenswichtiges?«

»Hä?«

»Ist er ein alter Professor, ein Geheimagent oder vielleicht eine andere mir bisher noch nicht bekannte *very important person?*«

Blödmann!

Widerwillig ziehe ich den Rucksack zu mir rüber und platziere ihn anschließend auf meinem Schoß. Der Astronaut lässt sich neben mir auf den Sitz fallen und wie auf Kommando bricht das Gelächter los.

Danke, Mama, denke ich, hättest du dich bemüht, Papa betreffend eine andere Lösung zu finden, dann hättest du mir das hier ersparen können.

Ich sinke wieder in mich zusammen und starre nach unten. Kleine Rinnsale haben sich auf den Polstern gebildet. Sie laufen mühelos an der glatten Kunststoffoberfläche des leuchtend blauen Astronautenanzugs ab und bahnen sich ihren Weg durch meine Jeans bis auf die Haut. Schon nach kürzester Zeit habe ich einen klatschnassen Hintern.

Ich kann nicht anders, ich werde wütend. Und zwar so richtig.

»Was fällt dir eigentlich ein?!«

Ich springe auf und halte ihm meinen Hintern vor die Nase. Er weicht sofort ein Stück zurück und fängt an zu stottern.

»Wie . . . wieso?«

»Kannst du in deiner blöden Regenmontur nicht zu Fuß gehen?«

Dann fällt mir ein, dass es so bis zur Schule vielleicht doch ein bisschen zu weit ist. »Oder mit dem Fahrrad fahren?«

»Das ist doch nicht einfach nur eine Regenmontur«, sagt er empört.

»Jaja, schon klar, das ist ein Astronautenanzug.«

Ich schüttle den Kopf und tippe mir gleichzeitig gegen die Stirn. Der halbe Bus grölt. Aber ich weiß, dass ich diesmal alle auf meiner Seite habe.

Heike zwinkert mir zu und winkt mich zu sich herüber.

»Nun lass mich schon vorbei oder willst du etwa, dass ich mir neben dir den Tod hole?«

Der komische Astronaut erhebt sich und macht mir kleinlaut Platz. Ich mache einen großen Schritt über die Pfütze, die sich vor der Bank unter seinen Füßen gebildet hat, und klemme mich neben Babsi und Heike, die grinsend zusammenrutschen.

»Wer war denn das?«, frage ich in der ersten Pause.

Heike bleibt stehen und schaut mich erstaunt an.

»Sag bloß, du kennst den nicht?«

»Nö.«

»Aber Sammy, den kennt man doch!«

Sammy?

»Das ist dieser Verrückte, Mensch, von dem schon die ganze Schule spricht. Und jetzt will er sogar noch Stufensprecher werden.« Heike schüttelt ihren bunten Fransenkopf, als könnte sie es nicht fassen. »Was manche Leute sich einbilden!«

Ich versuche mir möglichst nicht anmerken zu lassen, dass ich von alldem nicht die leiseste Ahnung habe.

»Aber du hast ihn vorhin im Bus wirklich gut abtropfen lassen«, sagt sie anerkennend. »Hätte ich dir gar nicht zugetraut.«

Ich merke, wie sich mein Hals schon wieder verkürzt. Das passiert mir dummerweise immer, wenn ich verlegen werde. Hoffentlich muss ich nun nicht jeden Tag so eine Glanzleistung vollbringen, um sicherzugehen, dass Heike auch zukünftig noch mit mir redet.

»Was machst du denn heute Nachmittag?«, fragt sie.

»Weiß noch nicht.«

»Hast du Lust, dir mal meine Mäuse anzuschauen?«

Das weiß ich auch nicht. Aber ich befürchte, dass es nicht besonders klug wäre, das zuzugeben.

»Du, die sind echt witzig.«

Ihr scheint ja tatsächlich eine Menge daran zu liegen, dass ich sie besuche.

»Okay«, sage ich. »Wann soll ich denn kommen?«

»Ach, wann du willst. Wir können ja auch die Schulaufgaben zusammen machen.«

Heike legt mir einen Arm um die Schultern und ich bin natürlich vollkommen verdattert. Aber großartig einzuwenden habe ich gegen diesen Vorschlag natürlich auch nichts.

»Klar. Das ist zu zweit bestimmt leichter zu ertragen.«

Heike grinst und tätschelt mir den Rücken.

»Also gut. Dann bis später.«

»Such dir eins aus«, meint Gina großzügig. Sie sieht so aus, als würde sie unter dem Gewicht der beiden Bücher in ihren Händen gleich neben meiner Matratze zusammenbrechen.

»Räumst du gerade deine Umzugskartons aus?«, frage ich.

Sie nickt, während ich auf den Titel des oberen Buches schiele.

»Fritjof Capra, Wendezeit. Hm? Ist das ein Roman?«

Gina zieht bedauernd ihre Mundwinkel nach unten.

»Eher ein Sachbuch. Gesellschaftskritisch. Vielleicht ein bisschen philosophisch.«

»Danke. Ich war heute schon in der Schule.«

Ich gebe ihr das Buch zurück und versuche vergeblich, mir die andere dicke Schwarte zu angeln.

»Und das?«

Meine große Schwester hebt es mir vor die Nase.

»Mensch, so ein Schinken«, stöhne ich. »Alchimie und Mystik – was soll denn das nun wieder sein?«

»Magie und Geheimwissenschaften, Freimaurer und so.«

»Also, Gina, du spinnst doch. Warum hast du dir nicht einfach ganz normale Bücher gekauft?«

Sie zuckt die Achseln und guckt ein bisschen hilflos meine Raufasertapete rauf und runter.

»Minos, oder? Liest der etwa so'n Kram?«

»Na ja.«

»Liebe muss wirklich schön sein«, sage ich und bin heilfroh, dass mir das bisher erspart geblieben ist. »Und wieso willst du mir jetzt eins vermachen? Hast du etwa Angst, du könntest davon zu gescheit werden?«

»Es passt nicht mehr ins Regal«, seufzt sie und streicht sich über die Haare, so als gäbe es zwischen den Büchern und ihrer Frisur irgendeinen Zusammenhang. »Jedenfalls nicht, wenn ich die blaue Glasflasche noch mit dazustellen will.«

Ich lasse meine Augen zweimal herumkreisen und ächze: »Oh, Gott!«

»Vielleicht könntest du dich für Capra entscheiden. Ich meine, das Mystikbuch mit der Sonne hier oben . . .«

». . . das sieht einfach besser aus«, vollende ich ihren Satz. »Gina, ich will überhaupt keins.«

»Och, Pille!«

»Gib's doch zurück.«

»Nee.«

Na klar, so was ist ihr todpeinlich.

»Warum immer ich?«

»Na, weil Nadine ja nun wirklich noch zu klein dafür ist.«

»Wieso? Du liest es nicht, ich lese es nicht. Und Nadine schon gar nicht. Stell es doch einfach zwischen Mamas Bücher. Das merkt sie sowieso nicht.«

Ginas Augen leuchten auf.

»Das ist die Idee! Pille, ich liebe dich.«

Schon gut, Schwesterchen! Zum Glück weiß ich ja, dass diese Art Liebe bei ihr nur von kurzer Dauer ist.

Heike empfängt mich, als wäre ich ihre beste Freundin. Sogar ihrer Mutter stellt sie mich vor.

»Mutti, das ist Sammy. Sie ist in der Sechsten.«

»Guten Tag«, sage ich höflich, gebe ihr die Hand und mache fast auch noch einen Knicks. »Eigentlich Samantha. Aber alle nennen mich Pille.«

Doch vielleicht wäre Sammy gar kein so schlechter Tausch?!

Heikes Mutter zwängt sich ein Lächeln über die Lippen.

»Komm, ich zeig dir mein Zimmer.« Heike zupft mich am Ärmel und wirft ihrer Mutter noch einen kurzen Blick zu. »Bringst du uns einen Kakao, Mutti?«

»Du lässt dich einfach so bedienen«, sage ich erstaunt, als sie ihre Zimmertür hinter uns geschlossen hat.

»Klar, wieso nicht?«

»Ich kann mir schon, solange ich denken kann, selber was zu trinken machen.«

»Nun übertreib mal nicht.« Heike lässt ihre Finger

über eine ganze Regallänge voller CDs gleiten und fischt schließlich eine von Rihanna heraus. »Außerdem, können kann ich das auch. Aber das heißt doch noch lange nicht, dass ich es auch tun muss.«

Ich bin überrascht, dass man so denken kann. Mir ist es bisher ja noch nicht einmal in den Sinn gekommen Nadine irgendwas für mich erledigen zu lassen. Geschweige denn meine Mutter.

»Hast du eigentlich Geschwister?«

Heike schüttelt den Kopf.

»Nee.«

Irgendwie klingt es traurig.

»Sei doch froh, so bleibt dir jedenfalls eine Menge Stress erspart.«

Ich sage das eigentlich, um sie zu trösten, und versuche ein Lächeln.

»Du magst deine Schwester wohl nicht besonders?«

»Zwei.«

»Was soll das denn heißen?«

»Ich habe zwei Schwestern. Und ich mag sie beide.«

»Also?!«

»Es ist trotzdem überwiegend nervig.«

Heike drückt einige Knöpfe und Rihanna quäkt los. Wir setzen uns auf ein paar dicke Kissen, die auf dem Fußboden herumliegen, und starren vor uns hin. Ich spiele mit meinen Fingern herum und überlege, ob ich etwas sagen könnte, was die Mühe, gegen die Musik anzubrüllen, lohnen würde.

Da öffnet sich die Zimmertür und ein Tablett mit Kakaotassen und einem Teller, randvoll beladen mit verschiedenen Plätzchen, schiebt sich langsam herein. Erst jetzt fällt mir auf, wie klein Heikes Mutter ist. Und wie dünn.

Ich springe auf und nehme ihr das Tablett ab. Sie nickt dankbar, schaut aber gleichzeitig auch etwas überrascht aus.

»Willst du die Musik nicht ein wenig leiser machen, Kind?«, sagt sie vorsichtig. »Ihr könnt euch doch überhaupt nicht miteinander unterhalten.«

»Vielleicht wollen wir das ja auch gar nicht«, erwidert Heike.

Wieder guckt sie mich an. Diesmal so, als wolle sie sich bei mir für ihre Tochter entschuldigen. Und dann lässt sie uns allein.

Heike macht eine abfällige Handbewegung und erhebt sich vom Boden. Sie steuert zuerst auf die Fensterecke zu und schleppt einen riesigen Käfig voller hektischer kleiner Mäuse heran. Den stellt sie mir vor die Füße und öffnet seine Käfigtür.

»Hey, spinnst du! Was soll das denn?«

Sie reagiert nicht und grinst einfach nur vor sich hin.

Soll das jetzt vielleicht ein Test sein, den ich bestehen muss, um ihrer Freundschaft auch wirklich würdig zu sein?

Die Mäuse scheinen jedenfalls nicht zu kapieren, dass sich ihnen gerade ein Weg in die Freiheit aufgetan hat, denn sie rennen weiterhin wie blöde im Kreis herum.

»Wie viele sind das?«, schreie ich gegen Rihanna an.

»Keine Ahnung. Ungefähr zwanzig.«

Inzwischen hat die erste den Ausgang entdeckt und rast mir über die Füße. Ich habe zwar nichts gegen Tiere, aber das ist mir dann doch zu viel.

»Ich find das nicht lustig. Mach bitte wieder zu.«

Doch Heike lacht nur los wie eine Irre. Sie löst die Klappverschlüsse, die den Käfig mit dem Boden verbinden, und hebt das ganze Gitter hoch. Und schon ist das gesamte Zimmer voller Mäuse. Ich kreische los, schnappe mir meine Jacke, trete beinahe den Kakao um und mache, dass ich wegkomme.

»Was ist denn mit Gina los?«, fragt mich Nadine, als ich ganz schlaftrunken mit dem giftgrünen Fransel unter dem Arm in die Küche tapse. Natürlich ist die Kleine wie jeden Morgen bereits gewaschen und gestriegelt. Ein Punkt, in dem sie in unserer Familie vollkommen aus der Art schlägt. Wir sind nämlich ausnahmslos alle Langschläfer, während Nadine in der Regel schon um halb sechs Uhr früh hinter ihrem Schreibtisch sitzt und ihre Schulaufgaben erledigt.

»Wieso? Was ist denn?«, gähne ich.

»Sie liegt immer noch im Bett«, sagt Nadine besorgt.

»Na und?«

»Sie hat heute zur ersten Stunde.«

»Ja, und? Ich doch auch.«

»Sie braucht aber immer viel länger im Bad als du.«

Das stimmt allerdings.

»Wo ist denn Mama?«, frage ich, während ich mir die Haare zerzause und überlege, was ich essen könnte.

Nadine zuckt die Schultern und beißt in ihr Käsebrot.

»Sich vorstellen, glaube ich. Ich hatte gerade 'ne schwierige Textaufgabe und konnte nicht genau hinhören, was sie gesagt hat.«

»Soll ich mal nach Gina sehen?«, frage ich lustlos.

Meine kleine Schwester nickt und ich schlurfe hinüber ins Zimmer meiner großen.

Sie hat sich die Bettdecke bis über den Kopf gezogen, und obwohl ich nicht den kleinsten Zipfel von ihr sehen kann, weiß ich trotzdem, dass sie nur so tut, als würde sie noch schlafen.

»Soll ich dir eine Schüssel voll Wasser ins Bett kippen?«, frage ich leise.

Sofort schiebt sich am Kopfende die Decke ein Stückchen zurück und Gina blinzelt mir gequält entgegen.

»Oah! Bitte tu dieses entsetzliche grüne Tier weg. Es blendet mich in den Augen.«

»Haha«, sage ich und werfe ihr den Fransel direkt ins Gesicht.

»Lass mich in Ruhe. Ich habe meine Tage.«

»Ich glaube nicht, dass Mama dir deswegen eine Entschuldigung schreibt.«

»Ich gehe später.« Gina lässt sich stöhnend wieder ins

Kopfkissen zurückfallen. »In den ersten beiden Stunden habe ich sowieso nur Sport.«

»Na und?«

»Mit diesen Schmerzen kann ich da unmöglich mitmachen.«

Komischerweise hat Gina diesmal zum ersten Mal Probleme mit ihrer Periode. Soweit ich mich erinnere, hat ihr das bisher noch nie besonders viel ausgemacht.

Ich bin mir also ziemlich sicher, dass sie Theater spielt. Doch was soll's? Der Ärger, den sie dafür kriegt, ist schließlich nicht meiner. Also schlurfe ich zurück in die Küche.

»Warum hast du sie nicht aus dem Bett gezogen?«, fragt Nadine.

Inzwischen habe ich mich für ein Bananenmüsli entschieden und krame in einem der immer noch nicht ausgepackten Kartons nach einer kleinen Schale.

»Bin ich ihre Mutter?«

»Nö, das nicht.«

»Also. Außerdem ist sie älter als ich.«

»Aber, Pille. Sie steht sonst nicht auf.«

Wütend schmeiße ich meinen Löffel auf den Tisch.

»Nadine, es ist mir egal!«

Sie staunt mich mit offenem Mund an.

»Klapp ihn wieder zu. Die Fliegen tragen schon ihre Möbel rein«, sage ich grinsend.

»Was ist denn hier los?«

Plötzlich steht Gina ziemlich verknittert mit dem giftgrünen Fransel im Arm in der Küchentür und gähnt.

»Du musst zur Schule«, sagt Nadine mit ernstem Gesicht.

»Später, Schwesterchen, im Moment habe ich ein Problem, von dem du noch meilenweit entfernt bist.«

»Was soll denn das sein?«

»Madame feiert ihre Periode«, sage ich hämisch.

»Sei froh, dass du dich damit noch nicht herumschlagen musst.«

»Wieso, kann doch jeden Augenblick losgehen.«

»Pah! Du hast ja noch nicht mal Busen.«

Am liebsten würde ich ihr das Gesicht zerkratzen, aber dafür würde Gina mir wahrscheinlich ein Büschel meiner sowieso schon viel zu dünnen Haarpracht herausreißen. Also lasse ich's und zucke nur die Achseln.

»Na, und? Es haben auch schon Frauen ohne Busen Babys gekriegt.«

»Ach, du hast ja überhaupt keine Ahnung.« Sie wirft mir den Fransel vor die Füße. »Und solange du den noch brauchst, kannst du dir das Frauwerden sowieso abschminken.«

»Aber Pille schminkt sich doch gar nicht«, sagt Nadine verwundert. Gina verdreht die Augen und verschwindet im Bad.

Ich habe mittlerweile schon den zweiten Karton ausgeräumt und die Müslischalen noch immer nicht gefunden.

»So ein Mist!«, schimpfe ich und schneide mir eine Scheibe Rosinenbrot ab.

»Butter ist auch fast alle«, sagt Nadine.

»Mama wird ja wohl was einkaufen.«

»Ich weiß nicht. Sie muss mich schließlich zur Schule bringen.«

»Du kommst mit mir«, sage ich entschieden. »Du kannst dich doch nicht ewig von ihr herumkutschieren lassen.«

»Früher hat Papa das gemacht.«

»Früher war letzte Woche. Und letzte Woche ist jetzt vorbei.«

Nadine lässt ihr Brot mit dem Schmierkäse nach unten direkt auf ihr Kleid fallen und fängt an zu heulen.

Ich seufze: »Du lieber Himmel«, habe aber selber auch einen dicken Kloß im Hals stecken.

»Ich finde das nicht gut von Mama«, schluchzt Nadine.

Ich versuche, den Kloß herunterzuschlucken, tupfe ihr mit einem Küchenhandtuch die Tränen aus dem Gesicht und beschließe, gleich nach der Schule zu Papa zu fahren und ein ernstes Wort mit ihm zu reden.

Zum Glück fallen heute die ersten beiden Stunden aus. Mathe ist nämlich nicht gerade mein Lieblingsfach. Nach kurzer Überlegung ziehe ich meine Jeanslatzhose an und mache mir einen Pferdeschwanz. Denn ich weiß, dass Papa das besonders gut an mir gefällt. Und schließlich will ich heute was bei ihm erreichen.

Dann angle ich meinen Rucksack vom Garderobenhaken und öffne die Haustür.

Da klingelt es. Na, wahrscheinlich der Postmann. Wie gut, dass ich heute zur Abwechslung bereits angezogen bin.

Er kommt die Treppe heraufgerannt und es hört sich fast so an, als ob er dabei jeweils drei bis vier Stufen auf einmal nimmt.

»Hallo!«, schnauft er mir entgegen. »Ist Ihre Schwester nicht da?«

»Gina? Können Sie mir nicht auch mal was bringen?«

Er schaut die Briefe durch.

»Margarete?«

Ich schüttle den Kopf. »Meine Mutter.«

»Nadine?«

»Nein.«

»Und noch mal Margarete. Tut mir leid. Wie heißen Sie denn?«

»Samantha.«

Habe ich ihm das nicht schon beim letzten Mal gesagt?

»Ach ja.«

Er lächelt und kratzt sich ausgiebig die Lockenmähne. Ich nehme ihm die Briefe ab und kann mir gerade noch verkneifen zu fragen, ob er eventuell Flöhe hat.

»Vielleicht morgen.«

Ich nicke. »Ja, vielleicht.«

Er dreht sich um und rennt die Treppe wieder hinunter.

»Und was ist mit Gina?«

Er bleibt ruckartig stehen und hebt eine Hand hoch.

»Ach ja, das Paket. Ich habe das Paket noch einmal mitgebracht«, sagt er. »Sie hatte es doch mit dem Abholen nicht mehr geschafft.«

»Woher wissen Sie das denn?«

»Das hat sie mir selber erzählt. Und sie hat mich gebeten, doch einmal nachzufragen, ob es schon zurückgegangen ist oder ob sich noch was machen lässt.«

Typisch Gina! Die kriegt doch immer, was sie will.

»Gestern hatte ich es leider vergessen«, berichtet er weiter.

Ach! Deshalb also die plötzlichen Unterleibsbeschwerden! Wegen einer Kiste voller Bücher. Ich halt's im Kopf nicht aus. Meine liebe Schwester wird doch wohl nicht ernsthaft krank sein!?

»Und wo ist das Paket?«, frage ich.

»Unten. Ich wollte es nicht wieder umsonst in den vierten Stock schleppen.«

Kann ich verstehen. Ich schmeiße die Briefe in den Flur und ziehe die Wohnungstür zu.

»Lassen Sie es einfach unten bei den Briefkästen stehen. Sie kann es nachher selber hochtragen.«

»Nein, nein, ich mach das schon.«

Wir gehen zusammen nach unten und ich schaue dabei auf seine zerlatschten Turnschuhe.

»Rauchen Sie Camel Filter?«, frage ich ihn lächelnd.

»Ich rauche überhaupt nicht.«

»Sollte doch bloß ein Scherz sein.«

Er guckt mich irritiert an und ich sehe, dass er ganz seltsam klare blanke Augen hat.

»Wegen der Schuhe«, sage ich. »Die sehen fast genauso aus wie die in dieser Zigarettenwerbung. So, als würden Sie damit meilenweit gehen.«

Er grinst.

»Ja, ich brauche tatsächlich jeden Monat ein Paar neue.«

»Wieso bringen Sie eigentlich Briefe *und* Pakete?«, frage ich ihn, als wir unten angekommen sind. Er zieht Ginas Monsterpaket herein.

»Sie haben recht, eigentlich sind das ganz verschiedene Dienststellen.« Er nickt mir zu. »Aber im Moment gibt es einen ziemlichen Engpass. Ein paar Kollegen sind im Urlaub. Und gleich drei vom Paketdienst sind krank. Das ist in unserer kleinen Stadt fast schon eine Katastrophe. Und da macht man eben das Unmögliche möglich!« Er seufzt. »Ein bisschen stressig ist es schon, aber es ist zum Glück ja nur für ein paar Tage.«

Er öffnet die Tür und zeigt auf einen gelben Lieferwagen.

»Zum Ausgleich bin ich im Augenblick motorisiert.«

Heike würdigt mich keines Blickes mehr. Wie eine beleidigte Leberwurst geht sie immer extra dahin, wo ich gerade nicht bin. Und heute verlässt sie sogar fluchtartig die Toilettenräume, als sie mich dort anstehen sieht. Dabei bin doch eigentlich ich diejenige, die wirklich Grund hätte, sauer zu sein.

»Pass bloß auf, dass du dir nicht in die Hose pinkelst!«, rufe ich hinter ihr her.

Sie reagiert mit keiner Miene. Babsi fragt mich erstaunt: »Was ist denn auf einmal mit euch beiden?«

»Frag deine Lieblingsfreundin doch selbst.«

»Heike?« Babsi guckt erbost. »Die ist doch nicht meine Freundin.«

»Ach nein?«

»Die ist mir viel zu anstrengend.«

Ich mache einen Schritt auf Babsi zu und blitze ihr in die Augen. »Die ist überhaupt nicht anstrengend. Die hat für eine wie dich nur einfach viel zu viel Profil.«

Babsi reißt ihren Mund auf und starrt mich wortlos an. Damit hat sie wohl nicht gerechnet, dass ich so wütend werden kann. Zugegeben, ich habe mich damit sogar selbst überrascht. Es ist komisch, dass ich mich dazu hinreißen lasse, ausgerechnet Heike zu verteidigen, obwohl sie die Nummer mit den Mäusen gebracht hat. Wahrscheinlich ist es einfach nur die Wut auf Babsi, die da noch einmal hochgekommen ist. Immerhin ist es eine ziemliche Beleidigung gewesen, als sie mich vor ein paar Wochen profillos genannt hat.

Es hat schon längst zur nächsten Stunde geläutet. Die Toilette ist mittlerweile wie leer gefegt, als ich mich endlich auch in Richtung Klassenraum in Bewegung setze. Warum macht Heike nur so eine Show?

Ich habe doch nun wirklich genug Probleme. Zu Hause mit meiner Familie und in zwei, drei Stunden das Gespräch mit Papa, obwohl ich noch gar nicht weiß, ob er mir überhaupt zuhören wird. Und dann gehen mir zu allem Überfluss auch noch diese merkwürdigen strahlenden Augen von unserem Postboten nicht mehr aus dem Kopf.

Nachdem der weg war, habe ich bestimmt zehn Minuten vor dem Spiegel verbracht. Und ich habe nach nur sehr kurzer Überlegung diesen kindischen Pferdeschwanz entfernt, aber meine blonden Stängel machen leider lose auch nicht besonders viel her. Meine Augen sind zu hell, mein ganzes Gesicht ist blass und fad und langweilig. Profillos. Babsi hat recht. Und Heike hat mich wahrscheinlich die ganze Zeit nur veräppelt.

»Kannst du nicht einfach bei uns einziehen?«, frage ich die Schulter meines Vaters, an die ich mich gerade gelehnt habe.

Ich weiß zwar nicht, wohin, aber im Moment wäre ich sogar bereit, mein armseliges Schlauchzimmer mit ihm zu teilen.

Er streicht mir über die Haare und schüttelt den Kopf.

»Vergiss nicht, deine Mutter hat sich von mir getrennt.«

Jaja ich weiß.

»Mama hat bestimmt einen Fehler gemacht.«

»Dann müssen wir eben so lange warten, bis sie das einsieht.«

Wahrscheinlich ist er im Grunde seines Herzens ganz froh, dass er jetzt jede Menge Ruhe zum Schreiben hat. Ich ordere meine restlichen Tränen zurück, löse mich aus seinem Arm und richte mich wieder auf.

»Und wie lange soll das dauern?«

Er zuckt die Achseln. »Ich weiß nicht.«

»Vermisst du Mama denn nicht?«

»Doch.« Er senkt seinen Kopf und pult an seinen viel zu kurzen Fingernägeln herum. »Und Nadine. Und Gina.« Er versucht ein schlappes Lächeln. »Und dich.«

Ich springe auf.

»Dann tu doch was! Nadine heult sich schon die Augen aus, weil du sie nicht mehr zur Schule bringst. Und überhaupt.«

»Und du?«

Wenn ich mich nicht zusammenreiße, fange ich auch gleich an zu heulen.

»Ich verstehe nicht, dass Mama dich nicht versteht. Sie nimmt ihre doofe Kunst doch auch verdammt ernst. Warum sollst du dann nicht schreiben dürfen?«

»Jaja.«

»Allerdings arbeitet Mama natürlich auch noch was Richtiges.«

»Was Richtiges? So, so. Stell dir vor, das tue ich jetzt auch.«

»Tatsächlich? Was denn?«

»Na ja, ich helfe in Cosmo's Kneipe ein bisschen aus.«

»Kellnern? Du?«

Er nickt.

»Klasse!«

»Was ist denn daran so toll?«

»Na ja, ich weiß eigentlich auch nicht. Es klingt eben nicht so nach einem typischen Vaterjob.«

Papa grinst.

»Schreiben ist auch nicht unbedingt ein typischer Job.«

»Das ist sogar überhaupt keiner.«

Er guckt mich empört an.

»Du redest schon wie deine Mutter.«

»Dann solltest du mich vielleicht lieber nicht zu lange mit ihr allein lassen«, sage ich drohend.

Aber Papa verzieht kaum eine Miene.

»Glaubst du etwa, mir macht es Spaß, Achtzehnjährigen ihr Bier oder ihre Cola an den Tisch zu bringen?«, fragt er, aber anscheinend mehr sich selbst.

»Glaubst du etwa, ich gehe gerne zur Schule?«

»Das gilt nicht. Das habe ich nämlich schon hinter mir.«

»Jaja, ist schon klar, zur Schule muss jeder und hinterher kann man machen, was man will«, sage ich und nicke zur Bestätigung übertrieben heftig mit dem Kopf.

Jetzt muss Papa auch lachen.

»Ganz genau, wie du siehst. Ich bin sozusagen das lebende Beispiel dafür.«

Auf dem Heimweg läuft mir in der Einkaufspassage ausgerechnet dieser komische Astronaut über den Weg. Er kommt direkt auf mich zu, macht ein ziemlich altkluges Gesicht, scheint aber absichtlich über mich hinwegzusehen. Diesmal trägt er auch nicht diesen merkwürdigen blauen Regenanzug, sondern hat sich zur Abwechslung ein Band um den Kopf gewickelt, an dem einige bunte Bindfäden befestigt sind, die bis auf den Boden herunterhängen.

»Was machst du denn hier?«, frage ich ihn, obwohl ich eigentlich überhaupt keine Lust habe, mit ihm zu reden.

Er bleibt erstaunt stehen und starrt mich an.

»Kennen wir uns?«

»Ja, aus dem Bus.«

Sein Mund geht langsam auf, seine dunklen Augen werden immer runder und sogar seine Nasenlöcher werden allmählich größer.

»Nö«, sagt er dann. »Muss 'ne Verwechslung sein.«

Es wundert mich nicht, dass er sich nicht an mich erinnern kann. Bei meiner faden Erscheinung! Trotzdem. Ich habe auf einmal eine Idee, wie ich sein Gedächtnis vielleicht etwas in Schwung bringen könnte.

»Ich war mit jemandem unterwegs«, flüstere ich ihm zu. »In geheimer Mission. Mit dem Agenten Schultoni 07.«

Jetzt endlich scheinen bei ihm nacheinander sämtliche Lämpchen anzugehen. Die Leuchtfarbe, die als Letztes übrig bleibt, ist dieses peinliche Birnenrot.

»Du hast mich neulich vollkommen nass gemacht«,

sage ich und das Rot in seinem Gesicht wird noch ein bisschen dunkler.

»Ja . . . äh«, stottert er. »Das war eine Fehlkonstruktion.«

»Fehlkonstruktion?«

»Ja, in der Oberflächenbeschichtung.«

»Wie?« Was redet der denn da?

»Ich arbeite daran.«

Und ich halte es im Augenblick für notwendiger, dass er die Funktion einiger seiner Gehirnzellen einmal gründlich überprüfen lässt.

»Die Wasser abweisende Beschichtung überziehe ich noch mit einem stark saugfähigen Stoff, der in der Lage ist, möglichst viel Flüssigkeit zu speichern.«

»Aha«, sage ich. »So wie ein Tampon also.«

Ich weiß auch nicht, wieso ich ausgerechnet jetzt auf Tampons komme, wahrscheinlich weil Gina gerade ihre Tage hat. Der Wasser abweisende Bindfadenastronaut vertieft seine rote Gesichtsfarbe jedenfalls noch ein wenig.

Und dann weiß für eine Weile keiner von uns, was er noch so sagen könnte. Ich merke, wie meine Hände anfangen zu schwitzen und mein Hals wieder einmal kürzer wird. Doch ich möchte auf keinen Fall, dass er mitbekommt, wie verlegen ich werde. Also sehe ich angestrengt in die Fensterscheibe des Bäckers und bin fest entschlossen, im Ernstfall sogar einen Teil meines Taschengeldes für ein Stück Streuselkuchen zu opfern.

»Äh, die haben gute Laugenbrötchen«, sagt der Astronaut.

»Hab ich noch nie probiert.«

Ich drehe meinen Kopf langsam wieder in seine Richtung.

»Okay, ich geb dir eins aus.« Er grinst vorsichtig. »Als Wiedergutmachung für die nasse Hose.«

»Danke«, sage ich und denke, wie blöd und dass ich doch überhaupt keinen Hunger habe. Außerdem ist es mir auch peinlich, mit diesem Bindfadentypen durch die Gegend zu ziehen.

»Ich warte draußen.«

Er verschwindet im Laden und stolpert dabei über seine Bindfäden.

Und ich stehe herum und komme mir plötzlich ziemlich blöd vor. Wieso habe ich überhaupt mit dem geredet? Ich kenne ihn doch gar nicht. Ich weiß nur, dass er anscheinend ziemlich verrückt ist. Und dass die halbe Schule ihn wohl in die Klapsmühle stecken würde.

Ich zucke innerlich zusammen, weil ich mir gerade etwas ganz Grauenhaftes vorstelle. Was ist denn, wenn er sich zukünftig wie eine Klette an mich hängt?

Ich strenge meine Augen etwas an und versuche, ihn durch die spiegelnde Scheibe hindurch zu erspähen. Eine der Verkäuferinnen reicht ihm gerade eine Tüte über die Theke. Mein Gehirn meldet mir: Flucht, jetzt oder nie! Wie ein Blitz verschwinde ich zwischen Apotheke und Parkplatz aus der Gefahrenzone.

Gina stellt ihren halb leer genuckelten Joghurtbecher stöhnend zurück auf den Küchentisch.

»Puh, ist es warm heute. Ich bekomme kaum etwas herunter.«

Sie streicht sich ihre dunkle Mähne aus dem Gesicht, nimmt sie mit beiden Händen im Nacken zusammen und dreht einen Knoten, den sie aber sofort danach wieder aufspringen lässt.

»Außerdem bin ich für Hitzefrei und dafür, dass die Post eher kommt.«

»Und ich bin dafür, dass du mal etwas mehr isst«, sagt Mama.

»Keine Chance. Im nächsten Winter habe ich noch Gelegenheit genug, wieder fett zu werden.«

»Du warst noch nie fett.«

»Wieso soll die Post früher kommen?«, fragt Nadine.

»Wahrscheinlich weil der Briefträger so nett aussieht«, lächelt Mama.

»Tut er das?«, fragt Gina und klappert mit ihren neuen angeklebten Wimpern.

Ich spüre, wie mein Nacken auf einmal seltsam warm wird.

»Ich finde, seine Haare sind viel zu lang«, sagt Gina ein bisschen abfällig.

»Och . . .«, sagt Mama, wiegt ein bisschen ihren Kopf hin und her und nippt anschließend an ihrer Milchkaffeeschale, die sie schon die ganze Zeit über mit beiden Händen vor ihren Mund gehalten hat.

»Für Gina ist er sowieso viel zu alt«, meint Nadine. »Aber sonst finde ich ihn auch ganz süß.«

»Süß?«, lacht Gina los und stellt ihren angebrochenen Joghurt in den Kühlschrank zurück. »Vergiss es, Schwesterchen, für dich ist er erst recht zu alt.«

»Ich will ja auch nichts von ihm.«

»Das wäre ja auch noch schöner!«, ruft Mama.

»Wieso? Micky Martin ist mindestens genauso alt«, sage ich.

»Ricky«, korrigiert mich Gina.

»Na, das ist doch etwas völlig anderes, wenn man für einen Fernsehstar schwärmt! Ich fand früher sogar mal Hape Kerkeling gut«, meint Mama. »Ganz früher.«

»Britta ist gerade in unseren Sportlehrer verknallt«, sagt Nadine und beschmiert sich dabei das fünfte Brot mit einer zwei Zentimeter dicken Schicht Butter.

»Ich verstehe sowieso nicht, warum ihr ausgerechnet einen Sport*lehrer* habt«, findet Mama.

Gina knallt die Kühlschranktür zu.

»Und Rolands Mutter würde sich beschweren, wenn sie eine Sport*lehrerin* hätten.«

»Halte mich ruhig für altmodisch«, sagt Mama. »Vermutlich werde ich es überleben.« Sie schlürft noch etwas Milchkaffee. »Übrigens ist Roland ein netter Junge und ich hätte überhaupt nichts dagegen, wenn Nadine wieder öfter mit ihm spielen würde.«

»Spielen! Mama, ich spiele doch nicht mehr!«, ruft Nadine.

»Na ja, ihr könnt euch ja auch unterhalten. Oder angeln gehen.«

»Roland ist mir viel zu blöd. Und überhaupt. Alle Jungs machen nur doofe Sachen.«

Das kann ich nur bestätigen. Jungs sind einfach die uninteressanteren Wesen. Ich denke an den Bindfadenastronauten, dem ich vorhin noch einmal so gerade entkommen bin. Der ist vielleicht nicht wirklich uninteressant, aber dafür total verrückt. Nein, nein, Jungs kann man einfach vergessen. Selbst Gina scheint dieser Meinung zu sein, auch wenn sie, was Minos angeht, manchmal ein wenig ins Schleudern gerät. Aber wahrscheinlich ist das nur so etwas wie eine Prüfung, vor die man immer wieder gestellt wird. Ob man nämlich so schlau ist, den Paradiesapfel allein zu verspeisen, oder so blöd, ihn mit einem Typen zu teilen.

Andererseits überlege ich, dass es mir auch wieder gar nicht gefällt, dass Mama sich so einfach von Papa getrennt hat. Und dass ich immer wieder so blöd bin, meinen eigenen Apfel nicht nur zu teilen, sondern sogar komplett an meine beiden Schwestern abzugeben. Das kann doch eigentlich auch nicht der Sinn der Sache sein.

»Was ist denn los mit dir?«, fragt Mama. »Du bist so still heute.«

»Das liegt an eurem doofen Thema. Was gibt's denn da schon groß zu sagen«, muffle ich sie an und kriege prompt ganz abscheuliches Herzrasen, weil mir nämlich unser lockiger Briefträger mit den Strahleaugen wieder einfällt.

3

Der Biologieunterricht in der zweiten Stunde findet heute ausnahmsweise im Hörsaal statt, weil Frau Nieder-Gerlitz uns eine Diaserie über das Blut zeigen will. Sie hat gerade die Leinwand ausgefahren und den Projektor platziert, da schneit Babsi mindestens zehn Minuten zu spät zur Tür herein.

»Entschuldigung, musste mich erst durchfragen«, murmelt sie und Frau Nieder-Gerlitz macht, ohne die Miene zu verziehen, einen entsprechenden Eintrag ins Klassenbuch. Babsi kommt in der letzten Zeit öfter zu spät und ich habe das ungute Gefühl, dass sie sich allmählich vorsehen muss. Hier im Hörsaal hat keiner von uns einen festen Platz, und weil Bio nicht gerade meine große Stärke ist, habe ich mich in die oberste Reihe verzogen, die nur Jürgen mit mir teilt, und der sitzt Gott sei Dank am anderen Ende.

Zu meiner allergrößten Verwunderung steuert Babsi auf mich zu und schiebt sich auf den Platz neben mir. Sie gibt mir zu verstehen, dass ich meine Hand aufhalten soll, und lässt einen kleinen silbernen Ring mit einem blauen Glitzerstein hineinfallen.

»Mit den besten Grüßen von Heike.«

Ich starre zuerst völlig perplex auf das Schmuckstück und dann in Babsis Gesicht. Und sofort ist mir alles klar. Babsi hat genau den gleichen kleinen Ring in ihrer linken, ziemlich geschwollenen Augenbraue stecken.

»Du blutest«, sage ich.

»Ich weiß«, flüstert sie und tupft vorsichtig mit einem Papiertaschentuch darüber. »Hab ich mir gerade erst machen lassen.«

»Was soll das?«, frage ich wohl ein wenig zu laut, denn Frau Nieder-Gerlitz wirft einen warnenden Blick zu uns nach oben.

»Samantha, Barbara! Ruhe bitte! Also, wie gesagt, das Blutplasma an sich ist farblos und . . .«

»Du bist auserwählt«, wispert Babsi und zieht ihren Kopf dabei etwas ein, während sie unsere Biolehrerin nicht mehr aus den Augen lässt.

Ich verstehe gar nichts mehr.

»Wozu auserwählt? Und wieso soll ich mich piercen lassen?«

Ich kann mir Mamas entsetzten Gesichtsausdruck nur zu deutlich vorstellen, wenn ich plötzlich mit einer blau blitzenden Augenbraue auftauche.

»Wenn Heike deine Freundin sein soll.«

Wütend knalle ich den kleinen Ring vor Babsi auf den Tisch und Frau Nieder-Gerlitz zuckt richtig erschrocken zusammen.

»Wer war das?«

Babsi rührt sich nicht.

»Barbara?«

Sie schüttelt ganz leise ihren Kopf.

»Also Samantha.«

Frau Nieder-Gerlitz öffnet die Tür, die zum anliegenden Knochenraum führt. Den nennen wir so, weil dort Anton, das Skelett, und noch ein ganzer Haufen verschiedener Gelenke und Organteile lagern. Die sind natürlich nicht echt, sondern allesamt aus Kunststoff.

»Samantha«, sagt sie kühl. »Würdest du bitte den Rest der Stunde nebenan verbringen? Dort kannst du dich ganz in Ruhe mit dem Blutplasma beschäftigen. Im Buch sind das die Seiten . . .« Sie geht zu ihrem Pult zurück und blättert darin herum. ». . . äh, 64 bis 67.«

Als es endlich zur Pause klingelt, gehe ich nicht wieder in den Hörsaal zurück, sondern verlasse den Knochenraum durch seine eigene Tür. Ich habe nämlich keine Lust, Babsi oder der Nieder-Gerlitz jetzt noch mal zu begegnen, und laufe dafür dem Astronauten direkt vor die Nase.

»Was hast du denn allein da drin gemacht?«

»Extrasitzen«, sage ich.

»Hast du etwa den Unterricht gestört?«, fragt er grinsend.

»Wieso? Weiß doch schließlich jeder, dass die Gerlitz hyperempfindlich ist.«

Er zuckt mit den Schultern und deutet auf die Glastür: »Sollen wir uns raussetzen?«

»Und wenn uns jemand sieht?«

Jeder, der mich nämlich mit diesem Spinner zusammen erblickt, muss doch glauben, ich hätte auf einmal sämtliche Schrauben locker.

»Wieso?«, fragt er und wird so rot wie *Salsa Picante.*

Na, hoffentlich denkt der jetzt nichts Falsches, denke ich und pinschere trotz aller Peinlichkeit wie ein braver Hund neben ihm her nach draußen auf den Schulhof. Es ist eben viel leichter, sich klammheimlich davonzustehlen als ganz direkt zu sagen: »Nein, ich will nicht.«

»Wo bist du denn eigentlich gestern so plötzlich gewesen?«, fragt er auch schon, als könne er Gedanken lesen.

Ja, gestern . . . Ach, so . . . ja . . .«, stottere ich. Es ist ja auch ziemlich blöd von mir, dass ich mir nicht gleich eine gute Erklärung für mein Verschwinden ausgedacht habe. Schließlich hätte mir klar sein müssen, dass ich ihm früher oder später wieder begegnen würde.

»Ach, so, da kam doch Heike gerade aus der Drogerie und der wollte ich nicht unbedingt vor die Linse.«

Er guckt mich ein bisschen dusselig an und ich erzähle ihm die Geschichte mit den Tanzmäusen.

»Ja, etwas verrückt war die schon immer.« Er grinst. »Und mit Vorsicht zu genießen. Bis letzten Sommer ist sie noch in meiner Klasse gewesen.«

Jetzt lächelt er mich direkt an.

»Na, da bin ich aber froh, dass du nicht wegen mir einfach weg bist.«

Du lieber Himmel! Hätte ich ihm vielleicht doch besser

die Wahrheit sagen sollen? Ich ziehe verlegen den Hals ein und würde am liebsten gleich wieder abhauen.

»Du hast dich sicher gewundert wegen der vielen Strippen«, sagt er vorsichtig. »Wahrscheinlich hältst du mich auch für ein wenig verrückt?«

Es klingt wie eine Frage und ich habe das Gefühl, dass er wahrscheinlich nicht einmal böse wäre, wenn ich es bestätigte.

»Ja, tatsächlich«, sage ich erleichtert. »Aber wirklich nur ein bisschen.«

»Weißt du, ich habe eine Marionette gebaut. Eine, die sich ein bisschen besser bewegen können soll als üblich.«

Seine Augen werden kugelrund und bekommen einen etwas abwesenden Ausdruck.

»Ich wollte an mir selber ausprobieren, wie viele Fäden ich insgesamt befestigen muss, wie ich sie miteinander kombiniere und wie lang jeder einzelne Faden sein soll.«

Aha. Ist ja wahnsinnig interessant.

»Und dann lässt du sie einfach so wild in der Gegend herumbaumeln?« Ich bin in Physik zwar eine Niete, aber das erscheint mir doch irgendwie unlogisch.

»Habe ich ja gar nicht.« Er wirbelt ungeduldig seine Arme durch die Luft.

»Sah aber so aus.«

Für diese unqualifizierte Bemerkung ernte ich einen bösen Blick. »Jetzt hör doch erst einmal zu!«

Wenn ich ehrlich bin, habe ich aber überhaupt keine Lust mehr.

»Die Fäden waren an einem Lederring befestigt, den ich mir auf den Kopf gesetzt hatte.«

Klasse.

»Es klappte zuerst ganz fantastisch. Aber dann habe ich ein paar unterschiedliche Sprünge ausprobiert und zack!, schon waren zwei Strippen gerissen. Und das war's dann leider. Ich habe zwar noch versucht, sie wieder dranzuknoten, aber es hat sich alles verwurstelt.«

Und dann schaut er plötzlich ganz verträumt in den Himmel. »Dort oben müsste jemand sein, der die Fäden für mich festhält.«

Ich muss lachen. »Vielleicht gibt es den ja sogar.«

Er schüttelt verständnislos den Kopf.

»Nein, gibt es nicht. Sonst hätte ich mir die Konstruktion mit dem Ring doch gar nicht erst einfallen lassen müssen.«

Du Blödmann, denke ich und sage: »Ich meinte eigentlich den sogenannten lieben Gott.«

»Alles Quatsch.« Er winkt ab. »Lässt sich nicht beweisen.«

»Und wenn es eines Tages jemand beweist?«

»Dann ist es okay. Nein, aber im Ernst, es wäre toll, wenn es tatsächlich jemanden über mir geben würde, der die Fäden halten könnte.«

»Klar, einen mit Propeller auf dem Rücken«, sage ich scherzhaft. Der Astronaut aber haut mir begeistert auf den Oberschenkel.

»Na, logisch. Also, dass ich darauf noch nicht gekommen bin.«

In dieser Nacht höre ich Nadine wieder weinen. Weil ich aufs Klo muss, tapse ich an ihrem Zimmer vorbei und drücke mein Ohr gegen die Tür.

Ich vernehme Mamas Stimme, wie sie leise und beruhigend auf meine kleine Schwester einredet. Doch dieses Mal scheint es kein Albtraum gewesen zu sein. Nadine heult, weil sie unseren Vater vermisst. Mama verspricht ihr, dass sie am nächsten Wochenende bei ihm wohnen darf. Na ja, sie weiß schließlich noch nicht, dass er neuerdings kellnert und möglicherweise gar keine Zeit für Nadine hat.

Im Bad drücke ich mir noch einen kleinen Pickel über der Nase aus, was dummerweise eine unansehnliche rote Beule zur Folge hat. Seufzend versuche ich, das mit Ginas angeblich so tollem Gesichtswasser wiedergutzumachen. Doch es brennt nur ganz fürchterlich und schwillt noch mehr an. Vor Ärger rutscht mir die Flasche aus der Hand und entleert sich fast vollständig auf dem Fliesenboden. Das ganze Badezimmer stinkt nach dem Zeug und ich finde, man kann jetzt sogar riechen, dass es nichts taugt. Ich halte für einen Moment den Atem an und stelle meine Ohrmuscheln auf Empfang. Zum Glück scheint niemand etwas gehört zu haben, denn alles bleibt ruhig.

Ich fülle die Flasche mit Wasser wieder auf und schleiche zurück in mein Zimmer. Ich kuschle mich unter die Bettdecke und erzähle Romeo und dem giftgrünen Fransel noch ein paar verrückte Geschichten über den Astronauten. Am

Ende finden sie ihn genauso dämlich wie ich und hoffen mit mir, dass er mich nicht mehr allzu oft behelligt.

Eine Viertelstunde später bin ich so putzmunter, dass ich zu den Streichhölzern greife und meine Engelkerze anzünde. Ich blinzle an die Decke und entschuldige mich bei Fransel und Romeo für die nächtliche Belästigung.

»Jungs, tut mir leid, aber ich kann nicht mehr schlafen. Obwohl es erst, wartet mal . . .« Ich schiele auf den Wecker, ». . . äh, zehn nach vier ist.«

Ich setze mich auf, hocke mich auf den Matratzenrand und nehme die beiden auf den Schoß.

»Du siehst mittlerweile ganz schön fürchterlich aus«, sage ich nachdenklich zum giftgrünen Fransel und habe beinahe den Eindruck, dass er jetzt ein wenig beleidigt ist.

»Bist doch mein guter Alter! Schließlich lebst du schon mehr als elf Jahre bei mir. Kein Wunder, dass du etwas mitgenommen wirkst.«

Der Fransel ist eines meiner ersten Geburtstagsgeschenke gewesen. Von Tante Doris. Diejenige meiner beiden Patentanten, die überlebt hat. Leider ist sie auch die, die ich nicht ausstehen kann. Aber immerhin hat sie mir den Fransel geschenkt. Ihre einzige gute Tat, die mir bekannt ist.

»Wie wär's mit Haareschneiden?«, frage ich ihn. Ohne auf eine Antwort zu warten, die sowieso nicht kommen würde, krame ich meine alte Bastelschere aus der Holzkiste, in der sich mein Kleinzeugs befindet.

Besonders gut schneidet sie zwar nicht, aber gegen Viertel vor fünf, als es langsam zu dämmern anfängt, sieht mein geliebter Fransel wieder richtig gut aus. Ich lege die Schere zurück in die Kiste und schiebe sie wieder in den Kleiderschrank.

Früher habe ich all meinen Puppen, Kuscheltieren, Barbies und sogar den beiden Angorameerschweinchen *Numero-Uno* und *Duo* die Haare geschnitten. Eine richtige Leidenschaft ist das gewesen. Gina hat damals gewettet, dass ich später mal Friseuse werden würde. Aber das halte ich mittlerweile für ausgeschlossen.

Ich lege den Fransel neben Romeo, der schon etwas neidisch guckt, zurück unter die Bettdecke und krieche dazu.

»Wie gut, dass ihr keine echten Jungs seid«, sage ich gähnend zu ihnen. »Sonst wäre das hier ja richtig unanständig.«

Mir fällt mein Kondom ein und ich taste den Boden neben meiner Matratze danach ab.

»Für *einen* von euch würde es ja reichen«, murmle ich und überlege, für was man es noch gebrauchen könnte. Mit einem ungeübt-fachmännischen Griff reiße ich die Verpackung auf und nehme das Kondom heraus. Es fühlt sich irgendwie schmierig an. Sofort muss ich an Frau Nieder-Gerlitz und ihren Diavortrag über den männlichen Samen denken und quieke los: »Iiih, Romeo, das hat doch tatsächlich schon einer benutzt!« Angewidert verziehe ich mein Gesicht. »Gleich morgen früh schicken wir es zurück an die Firma, äh, wie heißt die . . .?« Ich klaube die Folienverpackung noch einmal auf. ». . . Fromm's, aha! Und dann geigen wir denen mal gründlichst unsere Meinung.«

Romeo und der giftgrüne Fransel schauen mich genervt an, als würden sie denken: Was redet denn die wieder für einen Mist?!

»Okay, Jungs, schlafen!«

Ich flipse das »fromme Ding« in die nächste Ecke, puste die Kerze aus und bin bereits eine Sekunde später im Land der Kondommenschen, an denen das Regenwasser in reißenden Bächen abperlt und jeden hinfortschwemmt, der ihnen zu nahe kommt.

Als sich der giftgrüne Fransel am nächsten Morgen im Spiegel sieht, ist er ziemlich entsetzt über seine neue Frisur. Und ich auch. Ich werfe mir einen bitterbösen Blick zu und presse ein »Was bist du doch für eine Hornochsin!« zwischen den Zähnen hervor. Tröstend nehme ich ihn auf den Arm und trage ihn zum Frühstück in die Küche. Jetzt ist Romeo zwar eifersüchtig, aber ich verspreche ihm, dass er dafür am nächsten Tag an der Reihe ist.

Gina kriegt natürlich sofort einen hysterischen Lachkrampf, als sie den Fransel erblickt.

»Kuscheltieren das Fell stutzen! Hahaha! Mit wie viel Jahren hast du das denn wohl das letzte Mal gemacht? Mit fünf oder sechs? Hahaha und du willst erwachsen sein! Ich glaub, ich spinne!«

»Mit neun«, sage ich zu meiner Verteidigung, auch wenn es nicht viel nützt.

Gina lässt sich gickernd mit ihrem ganzen Gewicht auf den alten Stuhl vom Trödel fallen und bricht mit ihm zusammen.

Nadine prustet sofort los, nur Mama ist bitterböse. Sie will etwas sagen, aber weil das mit vollem Mund nicht besonders wirkungsvoll ist, macht sie nur eine heftige Bewegung mit dem Marmeladentoast in ihrer Hand.

»Och, dieser olle Stuhl«, meint Gina nüchtern, nachdem sie mit meiner Hilfe die Trümmer zusammengeklaubt hat.

Mama schlürft in aller Hektik ihren Milchkaffee zu Ende. Heute soll sie noch einmal in das Büro, in dem sie sich in der vergangenen Woche schon einmal vorgestellt hatte. Sie hat ein ziemlich gutes Gefühl, allerdings seit gerade eben auch einen üppigen roten Marmeladenfleck auf ihrer lila Bluse und natürlich keine Zeit mehr, sich umzuziehen.

»Ich habe heute übrigens erst zur Dritten. Der Hellinger ist immer noch krank«, sage ich beiläufig und angle mir ein Toastbrot aus der Folie.

»Herr Hellinger«, erwidert Mama. »Gut, Gina, dann kümmerst du dich bitte um Nadine.«

»Och, immer ich!«

»Klar«, sage ich. »Immer.«

Sie wirft mir einen giftigen Blick zu und lutscht ihren Joghurt zu Ende. Ein paar Minuten später sind alle aus der Wohnung verschwunden.

Ich wechsle rüber auf Nadines Stuhl, weil das der einzige mit Polster ist, und mache es mir dort mit meinem Nutellatoast und dem giftgrünen Fransel auf meinem Schoß gemütlich.

»Du darfst einfach nicht auf sie hören«, sage ich zu ihm und meine damit selbstverständlich Gina. »Sie hat nämlich keine Ahnung von solchen Dingen.«

Tja, welche Dinge meine ich überhaupt? Kurz geschorene Franselhaare, Kondome oder blödsinnige Fantasiegeschichten? Oder alles zusammen? Ich fühle mich wirklich merkwürdig. Im Kopf. Und so ein komisches Ziehen im Bauch habe ich auch.

Es klingelt und ich tapse schnurgerade zur Wohnungstür und öffne sie ohne Überlegung in ihrer ganzen Breite. Draußen steht der Postbote.

»Oh!«, sagen wir beide gleichzeitig. Und er starrt mit Strahleaugen abwechselnd auf mich und den Fransel in meinem Arm.

»Äh, ist deine Mutter da?«

Oh Gott, alles ist aus. Er hat mich geduzt.

Ich schüttle meinen Kopf im Zeitlupentempo und sehe mit meinem weit geöffneten Mund bestimmt nicht besonders intelligent aus.

»Ich habe hier ein Einschreiben für sie. Aber wenn sie jetzt nicht zu Hause ist, muss sie es sich später leider selber abholen.«

»Kann ich nicht . . .?«

Er schaut noch einmal auf den Fransel.

»Nein, ich glaube nicht.«

In meinem Hals wird es plötzlich ganz eng und meine Augen fangen an zu brennen.

»Ist dir nicht gut?«, fragt er besorgt.

»Alles okay«, presse ich heraus.

Er tritt ein bisschen von einem Bein aufs andere und sagt: »Ja, also dann . . . Wie gesagt, deine Mutter muss leider selber kommen.«

Damit rennt er die Treppen hinunter. Ich mache die Tür hinter mir zu, drücke mir den Fransel, der doch eigentlich an allem schuld ist, mit beiden Armen fest unters Kinn und fange an zu heulen.

In Geschichte gibt es die Klassenarbeit zurück. Eine Drei minus. Die Note, auf die ich mich im letzten Jahr in fast allen Fächern eingeschossen habe. Nur in Deutsch und Kunst stehe ich noch auf zwei. Aber nach der Schlappe mit dem Postboten heute Morgen berührt mich dieses Thema im Augenblick sowieso nicht besonders. Wie er wohl heißt?

Thomas . . .? Ein Allerweltsname. Ricky? Das wäre klasse. Würde toll zu seinen Locken passen. Giacomo? Weil er ein bisschen dunkelhäutig ist. Wieso sollte er nicht aus einem südlichen Land kommen? Italien zum Beispiel wäre einfach super.

Ich stütze meinen Kopf in einer Handfläche ab und kaue auf meinem Kuli herum. Wie kann ich meinen Auftritt mit dem Fransel nur wiedergutmachen?

Tja, Regel Nummer eins ist wohl, dass er zukünftig in meinem Zimmer bleiben muss, ganz egal, wie schlecht es ihm geht. Das Gleiche gilt natürlich auch für Romeo.

Regel Nummer zwei, ich muss immer großartig aussehen. Wie ich das bewerkstelligen soll, ist mir allerdings ein Rätsel.

Und Regel Nummer drei, ich muss so viel wie möglich über Ricky – so werde ich ihn einfach erst einmal nennen – herausfinden, damit ich eine Ahnung bekomme, wofür er sich überhaupt interessiert.

Als es zur Pause klingelt, habe ich keinen Schimmer, was wir durchgenommen haben, dafür aber eine exakte Strategie, was Ricky angeht. Ich werde ihn so lange heimlich verfolgen, bis ich weiß, wo er wohnt und welche Hobbys er hat.

An der Bushaltestelle steht Heike und guckt mir grimmig entgegen.

»Was hast du dagegen?«, fragt sie und tippt mit ihrem Zeigefinger gegen den blau blitzenden Stein in ihrer linken Augenbraue.

»Find ich doof.«

Und Mama unter Garantie auch.

»Ist das alles? Oder findest du mich auch doof?«

»Was hat das mit dem Ring zu tun?«

»'ne ganze Menge!«

Ich fühle mich unbehaglich. Aber was soll ich ihr sagen? Dass Mama es sowieso nicht erlaubt? Heike würde mich doch nur auslachen. Und nie mehr mit mir reden.

»Für Babsi war das kein Problem.«

Ich zucke mit den Schultern und Heike wird sauer.

»Das kannst du mit mir nicht machen!«, schreit sie mich an und von den beiden neben uns stehenden Omis ernte ich gratis noch zwei vorwurfsvolle Blicke dazu.

»Ich dachte, du hättest kapiert, worum es geht!«

Anscheinend nicht.

Der Bus rollt heran. Heike stolziert nach hinten, lässt sich auf einer Zweierbank am Fenster nieder und legt ihren Rucksack demonstrativ auf den Platz daneben.

Das habe ich kapiert, aber ich hätte mich jetzt sowieso nicht neben sie gesetzt.

Ich bleibe möglichst weit vorne, frage mich, wo Babsi wohl steckt, und bin heilfroh, als die Fahrt zu Ende ist.

Mama hat sich richtig herausgeputzt. Die türkisfarbene Spitzenbluse für besondere Anlässe, dazu den kurzen schwarzen Rock und tiefroten Lippenstift. Nadine macht ganz erschrockene Rehaugen.

»Was ist denn los?«, frage ich erstaunt.

»Sie will sich mit Papa versöhnen«, sagt Gina grinsend.

Aber Mama, die in der Diele vor dem Spiegel steht und an einer Haarsträhne herumzupft, schüttelt energisch den Kopf.

»Ganz sicher nicht.«

Nadine steht auf und rennt in ihr Zimmer.

Mama macht ein hilfloses Gesicht und ich habe ebenfalls ein feuchtes Gefühl in den Augen.

»Wir wundern uns eben«, meint Gina.

Und *ich* wundere mich, dass sie für uns spricht.

Mamas Schultern fallen herunter und sie atmet hörbar aus. »Es ist ja nicht so, dass ich euren Vater nicht mehr gernhabe ...«

»Eben«, sagt Gina.

»In der letzten Zeit ...«, versucht sie zu erklären, »waren wir uns einfach in nichts mehr einig.«

»Wir streiten uns auch andauernd«, sage ich leise und sehe zu Gina hinüber.

»Das ist doch etwas völlig anderes. Ihr seid Geschwister.«

»Ach, da ist es wohl normal«, erwidert meine Schwester provozierend.

»Es ist sogar gesund. Unter Geschwistern hat man das ideale Übungsfeld. Man kann sich nicht aus dem Weg gehen, weil man einfach zusammengehört, und lernt so am besten sich auseinanderzusetzen, seinen Standpunkt zu vertreten und den anderen zu verstehen.«

Kaum ist Mama mit der Erklärung fertig, beißt sie sich auf die Lippen.

»Schade, dass du nie Geschwister hattest«, blitzt Gina sie auch sofort an.

Meine Mutter greift sich in die Hochsteckfrisur und nimmt die Kämme heraus. Anschließend wischt sie sich mit dem Handrücken den Lippenstift ab.

»Ich habe kein Rendezvous, wenn euch das beruhigt«, sagt sie. »Es ist ein reines Pflichtprogramm.«

»Wegen des neuen Jobs?«, frage ich.

Mama schüttelt den Kopf.

»Nein, den habe ich sowieso.«

»Wie schön, dass wir das auch mal erfahren«, schnauft Gina.

»Wieso dann?«

Mama lächelt vorsichtig in meine Richtung.

»Wenn man es genau nimmt, wegen deiner großen Schwester.«

»Nun mach's mal nicht so spannend!« Aus Ginas Augen sprühen mittlerweile feurige Funken.

»Es ist wegen deiner Büchersendung. Frau Kardel hat unserem netten Postboten deswegen Ärger gemacht.«

Gina zieht ihre Augenbrauen nach oben.

»Ärger gemacht? Was soll das denn heißen?«

»Na ja, das Paket hat wohl unten im Treppenhaus gestanden und den Weg in den Keller blockiert.«

Ich tippe mir an die Stirn.

»Die spinnt wohl. Außerdem wollte er es doch hochtragen.«

»Woher willst du das denn wissen?«, fragt Gina fast ein wenig empört.

Ich sehe sie kopfschüttelnd an und erkläre ihr, dass ich schließlich selbst mit ihm gesprochen habe.

»Und wieso hast du das Paket wieder nicht angenommen?«

»Weil er es doch unten gelassen hatte.«

»Hast du nicht eben gesagt, dass er es hochtragen wollte?«

»Ja, später.«

»Ich verstehe kein Wort.«

»Und ich verstehe noch immer nicht, was du mit diesen Mengen an gedruckter Weisheit überhaupt anfangen willst«, unterbricht uns Mama.

»Och, es wird ihr sicher nicht schaden«, sage ich.

Meine Mutter wendet sich wieder mir zu.

»Apropos! Wie ist eigentlich die Geschichtsarbeit ausgegangen?«

»Drei minus«, sage ich kleinlaut. Und Gina trumpft natürlich gleich auf.

»Ich wollte ihr zwei Bücher schenken. Doch sie hat dankend abgelehnt.«

Eins, denke ich und versuche, wieder etwas von diesem unangenehmen Thema abzulenken.

»Aber was hat das alles mit unserem Postboten und deiner Aufmachung zu tun?« Mama seufzt.

»Ich habe ihn zum Italiener eingeladen. Weil er so nett war und das Paket einfach hiergelassen hat. Damit Gina nicht noch einmal deswegen losmusste. Wer weiß, wie oft das sonst noch hin und her gegangen wäre! Ja und weil Frau Kardel sich deswegen bei ihm beschwert hat.«

Muss man ihn deshalb gleich zum Abendessen einladen?

»Das wäre dann doch eigentlich meine Aufgabe gewesen«, sagt Gina beinahe so, als ginge es darum, einen tollen Preis zu gewinnen.

»Dann sei froh, dass ich es dir abnehme«, erwidert Mama und streift ihr Jackett über. Sie drückt jeder von uns einen Kuss auf die Backe und sagt noch zu mir: »Bitte kümmere dich ein bisschen um Nadine.« Dann verschwindet sie schnell aus der Wohnungstür.

»Mama ist immer noch nicht zurück.«

Gina steht mit in Falten gelegter Denkerstirn vor meiner Matratze.

»Ist das beim Lesen passiert?«, frage ich gähnend.

»Was?«

»Na, dass dir dein Gehirn vor Anstrengung in die Stirn gefallen ist.«

Gina guckt irritiert und streicht sich mit der Hand durchs Gesicht.

»Ich mache mir Sorgen wegen Mama.«

»Wie spät ist es denn?«

»Kurz nach elf.«

»Aha.«

Ich bin mir nicht sicher, ob das schon als bedrohlich einzustufen ist.

»Ich meine, weil es doch angeblich kein richtiges Rendezvous ist«, gibt Gina zu bedenken.

»Na ja, vielleicht unterhalten sie sich ja gut.«

Meine Schwester wird so blass wie Schneewittchen. »Das hoffe ich nicht.«

Ich setze mich auf und schlinge die Arme um meine Knie.

»Wieso denn?«

»Na, wegen Paps.«

»Hm.«

Gina starrt mich erwartungsvoll an, aber wahrscheinlich bin ich schwer von Begriff.

»Meinst du, sie vertragen sich wieder?«, frage ich.

»Sicher nicht, wenn Mama sich jetzt in diesen Postfritzen verknallt.«

Ich lache auf. »Quatsch! Der ist doch viel zu jung.«

Meine Schwester nickt. »Eben. Der würde schon eher zu mir passen.«

»Aber du hast ja Minos«, sage ich scharf.

»Natürlich.«

Sie kaut auf ihrem Mittelfinger herum, was sie bisher noch nie getan hat.

»Schläft Nadine eigentlich?«, frage ich nach einer Weile.

»Keine Ahnung.«

Klar! Seufzend schlage ich die Bettdecke zurück.

»Ich seh mal nach ihr.«

Da hören wir, wie in der Wohnungstür ein Schlüssel herumgedreht wird.

»Mama«, flüstert Gina erleichtert. »Mach das Licht aus.«

»Wieso denn? Es ist doch nicht verboten, dass du hier bei mir bist.«

Allerdings ziemlich ungewöhnlich.

Die Tür zu meinem Zimmer öffnet sich zunächst langsam, dann schneller und Mama steht mit einem seltsamen Glitzern in ihren Augen vor uns.

»Na? Noch nicht müde?«

»Och«, verkündet Gina.

»Wir haben noch ein bisschen geredet«, sage ich.

»Das werde ich mir in meinem Kalender rot eintragen«, erwidert Mama und meine große Schwester verdreht ihre Augen.

»War's denn nett?«, frage ich.

Mama sagt nichts und schaut uns nur an mit diesem Glitzern in den Augen. Und mir ist postwendend klar, dass es eine vollkommen überflüssige Frage gewesen ist.

Wieder mal hocke ich im Bus. Und wieder einmal habe ich eine Zweierbank ganz für mich allein. Zwar lacht mittlerweile keiner mehr über mich, aber es gibt auch niemanden, der mit mir redet. Außer dem Astronauten. Doch den habe ich seit ein paar Tagen auch nicht mehr gesehen. Was für ein Glück! Möglicherweise liegt er hilflos irgendwo herum, in eines seiner verrückten Experimente verwickelt.

Ich kann an kaum etwas anderes denken als an Mama und Ricky. Ricky und Mama.

Was ist, wenn Gina recht und unsere Mutter sich tatsächlich in Ricky verliebt hat? Das wäre natürlich ziemlich albern, beinahe sogar peinlich. Nicht nur für sie, auch für Papa. Und für uns drei erst recht. Ich stelle mir vor, wie ich allen möglichen Leuten erklären muss, dass Mama unseren Postboten heiratet, der mindestens zwanzig Jahre jünger ist als sie.

Na ja, zwanzig ist vielleicht übertrieben. Dann müsste er ungefähr achtzehn sein.

Achtzehn wäre allerdings optimal! Soooo lange bin ich schließlich auch nicht mehr zwölf. Nur noch ein halbes Jahr.

Erleichtert über das Ergebnis meiner Überlegungen, schaue ich versehentlich zu Heike und Babsi hinüber, die heute gegenüber von zwei Jungs aus der Neunten Platz genommen haben. Sie kichern unentwegt, und als Heike merkt, dass ich sie im Visier habe, legt sie sofort ihren Arm um Babsi, zieht sie ganz dicht zu sich heran und flüstert ihr etwas ins Ohr. Blöde Kuh! Ich sehe angestrengt aus dem Fenster.

Der Bus hält. Vor der Tür hat sich eine Menge Leute zusammengequetscht.

Auf dem Bürgersteig fällt mir sofort ein gelbes Postfahrrad auf und eine Sekunde später hüpft Ricky aus einem Hauseingang. Seine Haut ist wirklich ziemlich dunkel, aber diese Farbe könnte natürlich auch aus einem Sonnenstudio stammen. Wären seine Augen nicht so hell und strahlend und seine langen Haare etwas weniger gekräuselt, dann sähe er fast aus wie ein Indianer.

Am liebsten würde ich sofort aus dem Bus springen, aber erstens würde er mich bestimmt gleich erkennen und zweitens bin ich davon überzeugt, dass Schuleschwänzen letztendlich doch nichts anderes einbringt als Ärger.

4

Zum ersten Mal ist Papa zu Besuch. Er rennt alle Zimmer dreimal ab und nickt.

»Nicht schlecht. Ich finde es allerdings nicht so ganz korrekt, dass Samantha in einer Besenkammer wohnt.«

Ich drücke dankbar seinen Oberarm, während Mama ihn wütend anblitzt. Doch dann fabriziert sie gekonnt ein zuckersüßes Lächeln auf ihr Gesicht.

»Tja«, sagt sie gedehnt und stützt ihr Kinn auf ihre zusammengefalteten Hände. »Das ist ja unter anderem der Grund für unseren heutigen Familienrat.«

»Och, dann bist du gar nicht freiwillig gekommen«, flunscht Nadine und schiebt sich auf Papas Schoß.

»Bist du nicht inzwischen ein bisschen groß dafür?«, fragt Mama.

»Bloß, weil sie sich nicht mehr auf deinen setzt?«, erwidere ich spitz und warte gespannt, was es heute zu bequatschen gibt.

Meine Mutter ruckelt mit ihrem Hintern den Stuhl ein wenig näher an den Tisch heran und verknotet feierlich ihre langen Finger.

»Ab dem Fünfzehnten werde ich wieder arbeiten. Außerdem habe ich mit einer Galeristin gesprochen, die sehr daran interessiert ist, meine Bilder auszustellen.«

Wenn ich nicht schon säße, hätte mich diese Ankündigung glatt auf den nächsten Hocker gehauen. Papa flitzt dafür wie ein Pfeil nach oben und knallt dabei Nadines Knie gegen die Tischkante.

Sie fängt an zu heulen. Papa entschuldigt sich zehntausendmal und ich hole ein neues Päckchen Papiertaschentücher aus dem Badezimmerschrank.

»Ich glaube, ich sollte mein Anliegen doch noch einmal überdenken«, sagt Mama vorwurfsvoll in seine Richtung. »Ich wollte dir nämlich unsere Kinder anvertrauen.«

Wie gut, dass Papa stehen geblieben ist, denn sonst hätte es jetzt bestimmt den nächsten Verletzten gegeben.

Gina tippt sich an die Stirn. »Dir ist wohl die Nacht mit unserm Postboten zu Kopf gestiegen.«

»Wie bitte?!«, ruft Papa.

Mama versucht, ihn mit einer Handbewegung zu beschwichtigen. »Gina, was redest du da?«, zischt sie wütend und zu meinem Vater: »Das war natürlich keine Nacht, sondern einfach nur ein netter Abend. Durch ihn habe ich übrigens auch den Kontakt zu dieser Galeristin.«

»Aha.« Papa setzt sich langsam wieder. Nadine geht auf Abstand und platziert sich auf ihrem eigenen Stuhl.

»Und was soll das jetzt alles?«, frage ich.

»Deine Mutter kündigt hiermit an, dass ihr demnächst mindestens die Hälfte eurer Zeit bei mir verbringen müsst...«

Mama nickt begeistert.

»... sogar auf die Gefahr hin, dass ihr dabei komplett verwahrlost«, beendet Papa nach einer kurzen wirkungsvollen Pause seinen Satz.

Mamas Lächeln verschwindet sofort wieder. Und mit dem Kommentar, die Einzelheiten könne man schließlich noch am Telefon besprechen, expediert sie unseren Vater zur Wohnungstür hinaus.

Mittags investiere ich am Kiosk mein gesamtes Taschengeld in Schokoriegel, Karamellnüsse und saure Stäbe und stolziere mit konfusen Gedanken im Kopf und den Karamellnüssen im Mund in Richtung Einkaufszentrum.

Was Mama sich überhaupt bei der ganzen Sache denkt? Ich finde, sie hätte mit uns dreien schon viel früher besprechen sollen, was sie da alles ausbrütet. So hat es jedenfalls mit einer Katastrophe geendet. Nachdem Papa zur Tür raus gewesen ist, hat Gina gleich gesagt, dass sie nicht daran denkt, ständig hin und her zu ziehen, dass sie ihr neues Zimmer behalten und Papa besuchen wird, wann es ihr in den Kram passt.

»Tja dann«, hat Mama nur geseufzt, »einverstanden. Gina ist ja auch schon fast sechzehn, da kann sie über so etwas sowieso selbst entscheiden.«

Ich habe an Ricky gedacht und erklärt, dass ich auf mein Schlauchzimmer auch nicht verzichten werde. Mama hat die Stirn gerunzelt und Nadine hat angefangen zu heulen, weil sie auf einmal Angst bekommen hat, dass sie am Ende die Einzige ist, über die Mama einfach so bestimmen kann.

»Okay«, hat die aber dann beschlossen und dabei ein eisenhartes Gesicht gezogen. »Wenn das so ist, dann müsst ihr euch mehr engagieren. Gina wird einkaufen gehen und kochen lernen . . .«

»Och nö!«, haben wir gleich im Chor gestöhnt.

»Du, Samantha, begleitest Nadine zur Schule und kümmerst dich darum, dass sie ihre Hausaufgaben macht. Außerdem wirst du einmal pro Woche staubsaugen.«

»Die ganze Wohnung?«, habe ich entsetzt gefragt, denn Staubsaugen ist für mich das Schrecklichste, was es überhaupt gibt.

»Das ist gemein!«, hat Gina gebrüllt. »Pille hat viel weniger als ich.«

»Du bist ja auch älter«, hat Mama ziemlich streng gemeint. »Und außerdem steht es dir immer noch frei, die halbe Woche bei deinem Vater zu verbringen.«

»Als wenn ich da nicht kochen müsste. Du glaubst doch wohl auch nicht, dass Paps das auf einmal selber macht.«

Doch Mama hat nur lässig mit den Schultern gezuckt und erbarmungslos ihr Programm durchgezogen.

»Na, das besprechen wir aber noch«, hat Gina zu Nadine und mir gesagt. Nur hat es dann letztendlich nicht viel zu besprechen gegeben. Außer, dass ich Einkaufen gegen Staubsaugen getauscht habe und zukünftig Nadines Botengänge erledigen werde, die Mama ihr noch zusätzlich aufgebrummt hat. Dafür verzichtet sie darauf, dass ich sie bei den Schularbeiten beaufsichtige, was ihr wahrscheinlich ohnehin eher geschadet als genutzt hätte. Insgesamt gesehen, kommt meine kleine Schwester also ganz gut weg, aber mich tröstet der Gedanke, dass diesmal ausnahmsweise nicht Gina die Nutznießerin ist.

Auf dem Rückweg vom Supermarkt schleppe ich zwei überladene Einkaufstaschen. In der einen befindet sich eine neue Flasche Gesichtswasser für Gina, denn sie findet, dass ihr altes seit ein paar Tagen komplett versagt. Kein Wunder bei so einem Wassergehalt! Plötzlich entdecke ich vor der Apotheke eine Jeans mit einem Hintern und zwei Beinen, die mir ziemlich bekannt vorkommt. Von einer Sekunde auf die andere wird mir wunderbar übel im Bauch, dass ich beinahe einen schrillen Quietschton ausstoße. Ricky!

Er öffnet lässig die Glastür und verschwindet mit einem kleinen Hüpfer und einem Stapel Briefe in der Hand in der Apotheke. Kurz entschlossen stelle ich meine beiden Taschen am nächstbesten Betonpfeiler ab und pirsche mich möglichst unauffällig zwischen zahllosen Leuten hindurch in seine Richtung. Die Tür öffnet sich, Rickys Locken tauchen im Rahmen auf und ich springe hinter den Rücken einer kleinen, ziemlich dicken Frau, die einen Pinscher an einer mit Glitzersteinen besetzten Leine hinter sich herzieht. Ricky bleibt sofort stehen und lächelt sie an.

»Tag, Frau Koch.«

Mein Herz hört auf zu schlagen und meine Lunge vergisst das Atmen. Er kennt sie. Von diesen vielen tausenden von Menschen, die hier herumrennen, kennt er ausgerechnet sie. Die dicke Frau Koch.

»Und wie geht's dem guten Charlie?«, höre ich ihn fragen, was die dicke Frau Koch natürlich gleich zum Anlass nimmt, sich ächzend herunterzubeugen, um ihren blöden Pinscher zu kraulen.

Von einer Sekunde zur anderen bin ich enttarnt. Ein dämliches Grinsen, mehr bringe ich nicht zustande. Und ein frostiges Hallo, für das ich einen reichlich verständnislosen Blick von Ricky ernte.

Er weiß nicht, wer ich bin! Er kennt die dicke Frau Koch und ihren hässlichen Köter, aber mich erkennt er nicht.

»Oh ... äh ...«, stottere ich. »Muss sich wohl um eine Verwechslung handeln.« Etwas Intelligenteres fällt mir auf die Schnelle leider nicht ein. Und dann tauche ich unter zwischen einer Horde Viertklässler und einer Gruppe ziemlich steif diskutierender japanischer Geschäftsleute.

Als ich den Schlüssel ins Loch stecke, fallen mir siedend heiß die Einkaufstaschen wieder ein. Ich muss also noch einmal zurück. Aber mit Tempo. Denn sonst gibt es garantiert ordentlich Ärger mit Gina.

Ich suche sämtliche Betonpfeiler ab, doch ich finde sie nicht. Na, da wird sich irgendein Penner aus den Abbruchhäusern hinter dem Einkaufszentrum wohl richtig gefreut haben. Endlich mal was Feines zum Essen: französischen

Käse. Lombardischen Schinken. Ungarische Salami. Dazu ein knuspriges Landbrot und einen guten Schluck Bordeaux. Ein überflüssiger Blick in mein Portemonnaie bestätigt mir, dass ein Familienknatsch wohl unausweichlich ist.

»Suchst du die hier?«

Erschrocken fahre ich herum und falle dem Astronauten fast in die Arme. Zwei Arme, die in zwei Hände münden, an denen zwei überladene Einkaufstaschen hängen.

»Wo . . . wo hast du die denn her?«, stottere ich los. Und als ich mich wieder gefangen habe: »Spionierst du mir etwa hinterher?«

»Reiner Zufall.« Er grinst. »Und bezüglich des Gewichtes dieser beiden Behältnisse kann ich auch verstehen, wieso du sie lieber ihrem Schicksal überlassen wolltest.«

Mann, der redet vielleicht geschwollen.

»Wenn du dich über mich lustig machen willst . . .«

»Entschuldige«, erwidert er. »Das Ganze geht mich natürlich überhaupt nichts an.«

»Genau.«

Er schweigt und scheint für einen Moment nicht zu wissen, was er sagen soll. Ich räuspere mich verlegen.

»Aber trotzdem danke.«

»Ach so, na ja, keine Ursache.«

Wir sehen uns kurz an und glotzen dann angestrengt aneinander vorbei. Schließlich ergreift er wieder das Wort.

»Äh, musst du öfters solche, äh, übergewichtigen Einkaufstaschen schleppen?«

»Schon möglich, wieso?«

»Na ja, ich könnte mir ja vielleicht diesbezüglich etwas einfallen lassen.«

»Wenn du glaubst, dass ich mit so einer Oma-Einkaufstasche auf Rollen durch die Gegend ziehe, hast du dich aber geschnitten«, sage ich giftig, wobei mir selbst völlig schleierhaft ist, was mich an seinem Angebot eigentlich so aufregt.

Der Astronaut hebt wie ein überführter Bandit die Hände langsam nach oben.

»Ich meine ja nur.«

»Dann ist es ja gut.«

Ich greife nach den beiden Taschen und trabe wutschnaubend nach Hause. Der soll mich bloß in Ruhe lassen mit seinen Einkaufstütenrollern, neuartigen Marionetten, spezialbeschichteten Regenanzügen, die man bestimmt auch noch zum Tiefseetauchen verwenden kann. Dieser blöde Spinner! Ich kenne ja noch nicht einmal seinen Namen. Und den will ich auch gar nicht erst wissen.

Spätabends, als ich neben dem Fransel und Romeo auf dem Matratzenbett in meinem Schlauchzimmer liege, überfällt mich eine derartig tiefe Depression, dass ich nicht einmal mehr eine ausreichend große Wut über das Dröhnen von Ginas Xavier Naidoo aufbringen kann. Mein CD-Player schweigt und so schimpft Mama ausnahmsweise einmal mit der Richtigen.

Eigentlich ist es kein Wunder, dass ich neben der dicken Frau Koch verblasse, so profillos, wie ich bin. Noch dazu hat Ricky mich wahrscheinlich eh nur mit dem Fransel unter dem Arm in Erinnerung und sicher sofort als vollkommen uninteressantes kleines Mädchen aus seinem Hirn gestrichen.

Ich wälze mich seufzend von einer Seite auf die andere. Was kann ich nur tun, um ihn auf mich aufmerksam zu machen? Außer mir dreimal täglich die Haare zu waschen und immer frisches Blut in die Wangen zu kneifen? Eigentlich wäre ich ja schon glücklich, wenn ich ihn nur öfter sehen könnte, denn besonders effektiv ist meine Spionagetätigkeit bisher ja gerade nicht gewesen. Wie auch, wenn ich vormittags zur Schule muss? Nee, ich glaube, ich muss mir was anderes einfallen lassen . . .

Und schon habe ich die Idee!

»Wenn du heute nicht saugst, kriege ich Ärger mit Mama. Denk bitte dran.«

»Jaja«, nuschelt Gina. Sie macht einen Knutschmund vor dem Badezimmerspiegel, um ihren neuen Lippenstift zu bewundern.

»Kannst du überhaupt noch was sehen?«, frage ich. Der Spiegel ist nämlich schon total beschlagen.

Sie grinst mich an. »Keine Sorge.« Und dann presst sie ihre Lippen auf die Glasfläche, geht ein paar Schritte zurück, legt ihren Kopf ein wenig zur Seite und nickt mit einem etwas belämmerten Lächeln. Mit dem Ergebnis scheint sie mehr als zufrieden zu sein.

»Das war aber nicht einer von der neuen, angeblich nicht abfärbenden Generation«, sage ich.

»Dummkopf!« Gina schüttelt ihre Mähne. »Sonst hätte das hier doch gar nicht geklappt.«

Ist mir auch klar.

»Willst du etwa solche Spuren auf Minos hinterlassen?«

»Wer redet denn von Minos?«, ruft sie wütend.

Jetzt grinse ich.

»Ihr habt euch doch wohl nicht verkracht?«

»Schwesterchen, du bist eine Spur zu neugierig.«

Sie rauscht aus dem Bad.

»Und wer macht das hier wieder sauber?«, schreie ich hinter ihr her.

Gina antwortet nicht, dafür brüllt Nadine quer durch die Wohnung. »Telefooon!!«

»Für weeen?«

Keine Antwort. Ich frage mich, wieso wir eigentlich dieses schnurlose Gerät haben, wenn sich sowieso keiner damit durch die Gegend bewegt.

Nadine hat sich bewegt. Allerdings nur bis zu ihrem Bett.

»Wer ist es denn?«

»Eine Heike.«

Ich überlege, ob ich eventuell nicht da bin.

»Geht nicht«, flüstert Nadine verschwörerisch. »Ich habe schon gesagt, dass du zu Hause bist.«

Ich nehme das Telefon und gehe mit ihm hinüber in mein Zimmer.

»Ja?«

»Sammy?« Sie klingt ziemlich kleinlaut.

»Ja.«

»Meine Mutter ist krank.«

»Schlimm?«

»Ich glaube ja. Wir brauchen noch etwas zum Abendessen. Aber ich will sie so nicht alleine lassen. Kannst du kommen?«

Ich nicke.

»Warum fragst du nicht Babsi?«

»Kommst du?«

Es hört sich dringend an. Fast ein bisschen verzweifelt.

»Bin gleich da.«

Als Heikes Mutter mir die Tür öffnet, würde ich mich am liebsten gleich wieder umdrehen. Doch Heike packt mich am Arm und zieht mich in ihr Zimmer.

»Wärst du sonst gekommen?«

Sie schaut mich durchdringend an, und als ich nicht antworte, verschränkt sie ihre Arme über der Brust und triumphiert.

»Siehste!«

»Und was willst du?«

»Na, was schon?! Reden und so.«

Ich suche mit meinen Augen das ganze Zimmer ab.

»Nur keine Panik.« Heike legt mir beruhigend eine Hand auf die Schulter. »Sie sind nicht mehr da.«

»Hast du sie verschenkt?«

Sie tippt sich an die Stirn. »Verschenkt.«

Dann macht sie ein ziemlich zerknirschtes Gesicht.

»Sie hatten einen bedauerlichen Unfall . . .! Leider.«

Ich sehe sie erschrocken an.

»Wenn man es genau nimmt, war es eigentlich Selbstmord.«

Was!?

»Es waren einfach zu viele.« Heike lässt sich neben mich auf ihr Bett fallen. »Wenn sie nicht genug Freiraum haben, fressen sie sich gegenseitig auf.«

»Und es ist keine einzige übrig geblieben?«

»Sie sind eben den Tücken der modernen Zivilisation erlegen.«

Ich verstehe überhaupt nichts mehr. Heike legt mir einen Arm um den Hals. Ich habe plötzlich das dumme Gefühl, keine Luft mehr zu kriegen.

»Weißt du, Sammy, meine Mutter hat eine wirklich blöde Angewohnheit. Sie lässt immer den Klodeckel oben. Klappt ihn einfach nicht herunter. Obwohl ich sie schon mindestens tausendmal darum gebeten habe. Na ja, die Mäuse haben die Gelegenheit natürlich genutzt.«

Ich glaube ihr kein Wort.

»Die letzte hat sich auf die Spültaste gesetzt und sich dann hinterhergestürzt. Ich konnte leider nichts mehr machen.«

Sie hat Tränen in den Augen. Und mir rieselt eine nicht enden wollende Gänsehaut über den Rücken. Will sie mich nur schockieren oder hat sie ihre Mäuse tatsächlich alle eigenhändig umgebracht?

»Man sollte sich eben nicht zu sehr an etwas hängen«, höre ich Heike neben mir. Sie rutscht von der Bettkante und lächelt mich an. Von den Tränen ist nicht mehr die geringste Spur zu sehen. »Willst du Musik hören?«

Ich denke an den ohrenbetörenden Lärm von Rihanna und schüttle den Kopf. Warum sage ich ihr nicht einfach, dass ich es doof finde, wenn sie mir Lügen erzählt?

»Soll ich dir etwas verraten?« Sie tut ungeheuer geheimnisvoll. Was kommt denn jetzt schon wieder? Mir wird allmählich unbehaglich und ich rutsche auf dem Bett hin und her. Heike beäugt mich grinsend und der blaue Stein in ihrer Augenbraue blitzt mich irgendwie überlegen an. »Über Babsi?«

»Will ich gar nicht wissen.«

»Och! Nun tu doch nicht so langweilig.«

»Ich denke, sie ist deine Freundin?!«

»Sicher. Sie schon.« Heike dreht mir den Rücken zu und starrt aus dem Fenster. »Weißt du, sie braucht einfach eine gute Freundin. Eine, die zu ihr hält. Und eine, die ihr sagt, was sie tun soll.«

Wahrscheinlich will sie mir vorhalten, dass ich mir nicht auch so einen Ring durch die Braue stechen lassen möchte. Mag sein, dass Babsi sich so etwas sagen lässt. Doch für mich gilt das noch lange nicht.

Ich springe vom Bett auf und lege eine Hand auf die Türklinke.

»Heike, ich muss jetzt gehen.«

Sie saust herum und sagt: »Babsi hat nämlich überhaupt kein richtiges Zuhause.«

Sie will nur, dass du dableibst, sage ich mir und sie wird dann noch mehr Sachen erzählen, die vielleicht gar nicht stimmen.

Ich will aber nicht mehr zuhören, renne aus ihrem Zimmer und denke den ganzen Heimweg darüber nach, ob es möglich wäre, dass Babsi tatsächlich kein richtiges Zuhause hat.

Merkwürdigerweise hat Gina zugenommen. Beim Abendessen fällt es mir auf. Am Po. Und ihr Busen ist auch dicker geworden. Und das, obwohl sie seit Wochen fast ausschließlich Magermilchjoghurt in sich hineinschlürft. Ich kann dagegen essen, was ich will, es tut sich einfach nichts.

Mamas Augen haben unterdessen ebenfalls an Ginas Dekolletee angedockt. Allerdings wirkt ihr Blick dabei ziemlich abwesend.

»Es wird sich nicht ganz vermeiden lassen, dass ihr trotzdem ab und zu für ein paar Tage bei eurem Vater wohnt«, sagt sie dann.

»Aber nur gegen Rücktausch der Hausarbeit«, platzt Gina heraus.

»Ich möchte sowieso endlich mal bei Papa schlafen«, flötet Nadine. Gina ist anzusehen, dass sie unserer Kleinen am liebsten den Hals umdrehen würde.

»Wieso denn?«, frage ich Mama. Eine von uns dreien muss ja schließlich einen kühlen Kopf behalten. »Willst du unsere Zimmer etwa zeitweise untervermieten?«

Gina fängt an zu kichern. »Ja, klar, besonders deins.«

Mama guckt unwillig in die Runde.

»Jetzt seid doch endlich einmal ernst.« Das kommt glasklar und mit ziemlich viel Nachdruck.

Nadine zieht ihre Stirn kraus. »Könnt ihr euch nicht wieder vertragen? Dann wäre alles viel einfacher.«

Wir schweigen und starren auf unsere Teller. Nur Nadine guckt erwartungsvoll in die Runde.

»Nein!«, sagt Mama plötzlich ganz laut.

»Okay, dann ziehe ich zu Papa«, sagt Nadine und stolziert aus der Küche.

Mama macht ihren Mund wieder zu und starrt ihr ungläubig hinterher.

»Du kannst mit uns eben nicht machen, was du willst«, sagt Gina leise. Und Mama fängt an zu heulen.

Das Chaos sitzt wie eine riesige Bleikugel in meinem Brustkorb. Heike, die Mörderin ihrer eigenen Mäuse. Babsi, die angeblich kein Zuhause hat. Mama, die genau weiß, was sie will, und trotzdem kreuzunglücklich ist.

Papa, den ich so vermisse. Der verrückte Astronaut, mit dem ich lieber nichts zu tun haben will. Und Ricky mit seinen dunklen Locken und den Strahleaugen, die mich einfach so vergessen haben.

Romeo hat den ollen Pariser aus der Zimmerecke hervorgekramt und sich über die plüschige Bärennase gezogen. Aus reinem Protest, das ist mir völlig klar. Er hat sich mit dem giftgrünen Fransel in einer Ecke zusammengekuschelt, so als wollten sie mir damit zeigen, dass unsere gemeinsame Zeit nun auch abgelaufen ist.

Ich habe meine Arme unter meinem Kopf verschränkt und mich auf den Rand meiner Matratze gelegt, damit die beiden bloß nicht auf die Idee kommen, ich wollte ihnen ungefragt auf den Pelz rücken. Ich schiele nur einmal zu ihnen hin und stelle mir seufzend die Frage, wieso es ausgerechnet so eingerichtet ist, dass man sich auf nichts im Leben verlassen kann.

»Stell dir vor, alles liefe genauso, wie du es dir vorstellst. Das wäre doch langweilig!«

Papa legt mir tröstend einen Arm um die Schultern.

»Finde ich aber nicht«, protestiere ich. »Dann hätte ich jede Menge Freunde und nur noch gute Noten. Komische Leute kämen mir erst gar nicht in die Quere. Und du und Mama, ihr wärt noch zusammen.«

»Dagegen hätte ich allerdings auch nichts.«

»Siehste! Von wegen langweilig.«

»Na ja.« Er streicht sich über die Augenbrauen und lächelt schief. »Andererseits muss ich zugeben, dass das Leben jetzt ein bisschen lustiger geworden ist.«

»Was?« Ich bin entsetzt. »Ohne Mama! Lustiger?«

»Findest du es denn nicht auch manchmal ohne sie lustiger?«

»Ich finde überhaupt nichts lustig.«

Er klopft mir mit der flachen Hand zärtlich auf den Rücken.

»Ja, natürlich. Entschuldige.«

So wie er das sagt, komme ich mir auf einmal furchtbar dumm vor. So als wüsste er alles und ich überhaupt nichts.

»Als ich so alt war wie du . . .«

Oh nein, bitte nicht!

». . . habe ich auch manchmal nicht mehr durchgeblickt. Aber eines schönen Tages war das Durcheinander plötzlich wie weggeblasen. Und dann habe ich meine Traumfrau kennengelernt . . .«

». . . die dich jetzt auch nicht mehr will«, ergänze ich nüchtern, bevor er allzu sehr ins Schwärmen gerät.

»Nein, nein. Das war nicht Mama«, erwidert er und lacht. »Mama kam erst viel später.«

Ich mache anscheinend ein ziemlich enttäuschtes Gesicht, denn er nimmt meine Nase zwischen Zeige- und Mittelfinger und zieht vorsichtig daran, so als wolle er sämtliche Sorgenfalten auf einmal wieder glatt ziehen.

»Lass das«, sage ich und schiebe seine Hand weg. Ich denke an Ricky und frage mich, ob er wohl mein Traumtyp ist.

Ich beschließe, dass mein Vater als Lebensberater für meine Angelegenheiten nur bedingt tauglich ist und meine grandiose Idee, Ricky betreffend, endlich in die Tat umzusetzen ist.

5

Es regnet mal wieder in Sturzbächen und ich mache meine vorläufig letzte Fahrt mit dem Bus. Das Schuljahr ist zu Ende und mein Zeugnis leider noch viel mittelmäßiger ausgefallen, als ich eigentlich erwartet habe. Heike und Babsi haben die ganzen letzten drei Wochen so getan, als gäbe es mich gar nicht, und vor ein paar Tagen ist mir während der Sportstunde auch noch mein ganzes Taschengeld geklaut worden.

Alles in allem gibt es also immer noch keinen Grund für gute Laune. Besonders nicht, nachdem ich Ricky vorgestern im Treppenhaus angetroffen habe und er sich bei dieser Gelegenheit prompt nach meiner süßen kleinen Schwester mit dem witzigen Kuscheltier erkundigt hat.

Blöderweise habe ich ihm geantwortet, dass ich überhaupt keine kleine Schwester hätte, woraufhin er seine dunklen Augenbrauen erstaunt nach oben gezogen hat. Wenigstens ist Nadine nach anfänglichem Hin und Her tatsächlich zu Papa gezogen und somit kann meine versehentlich herausgeflutschte Lüge jetzt nicht zu noch mehr Verwirrungen führen. Kompliziert. Kompliziert.

Ganz kurz habe ich mit dem Gedanken gespielt, Ricky

einfach meine Liebe zu gestehen, doch dann habe ich mir überlegt, dass es möglicherweise besser ist, wenn er sich vorher in mich verliebt.

Ein Wunschtraum. Oder nicht? Immerhin ist es ja auch kein Märchen, dass aus hässlichen, pelzwürstigen Raupen wunderschöne Schmetterlinge werden. Vielleicht funktioniert es bei Menschen ja so ähnlich.

Aber ob das dann auch für mich gilt, ist natürlich die riesengroße Frage. Oder eben nur für Ginas, denen selbst dann ein großer Busen und ein runderer Hintern wachsen, wenn sie seit Wochen ununterbrochen abnehmen. Ich wische ein schmieriges Guckloch in die beschlagene Scheibe und starre ziellos nach draußen.

Als der Bus am Einkaufszentrum hält, springe ich kurz entschlossen hinaus, obwohl ich heute gar nichts besorgen muss.

Wegen des Regens quetsche ich mich an den Schaufenstern entlang. Kurz hinter dem Supermarkt entdecke ich ein gelbes Fahrrad, das von einem Regencape mit Jeansbeinen geschoben wird.

Sofort fängt mein Herz wie verrückt an zu rasen und ich schleiche mich vor Aufregung leise keuchend näher heran. Vor dem Metzger stellt das Regencape sein Rad ab und verschwindet im Laden. Ich trabe hinterher und knalle im Eingang prompt mit einer Postbeamtin zusammen.

Ich murmle eine Entschuldigung und mache, dass ich wieder wegkomme.

»Wohin denn so eilig?«

Die Stimme neben mir kommt mir bekannt vor, aber leider auch wieder nicht so bekannt, dass ich einfach weiterrenne. Ich mache also den Fehler und sehe mich um.

Der Astronaut. Steht da und lächelt. Er trägt einen brandneuen Anzug. Wobei Brand hier wohl der falsche Begriff ist, denn er trieft aus allen Poren.

»Du lieber Himmel, du bist ja klatschnass!«, rufe ich.

»Ja«, sagt er stolz. »Aber nur von außen.«

Er öffnet den Reißverschluss, ergreift meine linke Hand und legt sie sich auf die Brust.

»He, was soll das?«, rufe ich empört. Ich habe das Gefühl, dass ich nicht nur einen kurzen Hals bekomme, sondern auch noch rot werde.

Der Astronaut lässt mich wieder los.

»Tut mir leid, äh ...« Er guckt zur Seite, so als suche er nach einer Fluchtmöglichkeit. Ich schaue seinem Blick hinterher und entdecke im Eingang vom Supermarkt Heike und Babsi, die sich kichernd in den Armen liegen und zu uns herüberglotzen.

»Ich wollte dir doch nur zeigen, dass es funktioniert«, sagt der Astronaut.

»Was funktioniert?«, frage ich geistesabwesend, denn ich überlege angestrengt, ob es jetzt besser ist, so zu tun, als wenn das mit diesem Typ alles seine Richtigkeit hätte, oder lieber möglichst schnell abzuhauen.

»Na, die Beschichtung von diesem kombinierten Regen-Tauch-Anzug. Hab ich dir doch erzählt.«

Kann schon sein. Vielleicht erinnere ich mich sogar irgendwo in meiner allerletzten Gehirnecke daran, doch es interessiert mich im Augenblick nicht die Bohne.

»Gratuliere«, sage ich, hibble von einem Bein aufs andere und lasse dabei den Supermarkt nicht mehr aus den Augen. »Aber wir reden ein andermal darüber, in Ordnung? Ich muss jetzt nach Hause.«

Nach ein paar Schritten drehe ich mich noch einmal nach ihm um.

»Da musst du aber aufpassen, dass du beim Tauchen nicht absäufst, so wie der sich jetzt vollsaugt.«

Er guckt mich an, als hätte ich ihm gerade das Universum erklärt, schlägt sich gegen die Stirn und rennt ohne ein Wort des Dankes in die andere Richtung davon.

An Zeugnistagen herrscht bei uns daheim immer gedrückte Stimmung. Und diesmal ist es natürlich nicht anders. Gina ist so gerade eben um eine Gratisrunde herumgekommen.

»Und du weißt schließlich selbst, dass du viel besser sein könntest«, hat Mama zu mir gesagt und ist dann bis zum Abend in ihrem Zimmer verschwunden. Im grauen Malerkittel mit riesigen Pinseln und Farbeimern. Gestern erst hat sie alle ihre Möbel in eine Ecke geschoben und über die Hälfte des Zimmers mit Plastikfolie ausgelegt.

»Wenn wir nicht aufpassen, wird sie noch berühmt«, hat Gina mir kichernd zugeflüstert.

Inzwischen hocke ich in meinem Schlauch und schreibe meinen zweiten Brief. Der erste müsste eigentlich morgen ankommen.

Ich seufze und denke noch einmal über diesen dämlichen Tag nach, der allerdings noch schlimmer ausgefallen wäre, wenn Nadine zurzeit nicht bei Papa wohnen würde. Unsere kleine Intelligenzbestie pflegt nämlich pfeifend und singend in der Gegend herumzuhüpfen und selbst bei sonst unbeliebten Nachbarn den Lohn für ihre Noten einzustreichen. Aber es sind ja nur diese zwei Tage im Jahr, an denen Nadine wirklich eklig ist. Ansonsten muss ich zugeben, dass ich sie echt vermisse.

Ich falte das fast leere Blatt zusammen und stopfe es in den Briefumschlag. Dann kippe ich mein Holzkästchen aus und zähle den kümmerlichen Rest an Groschen und Centstücken zusammen. Na, das reicht ja gerade noch für dreieinhalb Briefmarken. Einen kurzen Moment kommt in mir der Wunsch hoch, den Dieb meines Taschengeldes in aller Öffentlichkeit mit faulen Eiern bewerfen zu lassen. Aber dazu müsste ich schließlich erst einmal wissen, wer das überhaupt war. Und wahrscheinlich wäre ich dann auch schon wieder zufrieden, wenn ich nur das Geld zurückbekäme.

Ich sammle etwas Spucke zusammen und lecke genüsslich die schmale dreieckige Spur der Briefumschlagklappe entlang. Im Gegensatz zu den meisten anderen liebe ich nämlich diesen Klebstoffgeschmack.

Ich werfe meine Cordjacke über und mache mich rasch

auf den Weg zum Briefkasten. Damit Ricky morgen etwas bei uns abzugeben hat.

Als es gegen halb zehn Uhr am nächsten Morgen klingelt, prallen Gina und ich kurz vor der Wohnungstür zusammen.

»Erwartest du etwa noch mehr Bücher?«, ruft Mama Gina von ihrem Zimmer aus zu.

Gina wird rot wie ein kandierter Kirmesapfel und daraus schließe ich, dass sie wohl eher einem Liebesbrief von Minos entgegenfiebert.

»Und was ist mit dir?«, fragt sie, als sie sich wieder im Griff hat.

»Drück lieber auf.«

Das macht sie dann auch, während ich die Tür aufreiße. Aber nichts, keine Schritte im Treppenhaus. Nur ganz weit unten hört man das Klappern zufallender Briefkastendeckel.

Mein Gott, was bin ich doch auch für eine blöde Knallerbse! Wie konnte ich nur annehmen, dass Ricky wegen eines simplen Briefes die unzähligen Stufen hinaufstiefelt. Dass er es wegen mir tut, dazu muss ich ihn schließlich erst noch bringen.

Gina zieht ebenfalls ein reichlich enttäuschtes Gesicht.

»Warum gehst du nicht einfach runter und holst ihn dir?«, frage ich.

»Den Briefträger?«

»Witztüte! Den Brief von Minos.«

»Minos. Minos!« Meine Schwester stemmt die Hände in ihre berühmte Wespentaille und streckt ihren inzwischen unverschämt großen Busen heraus. »Vergiss doch endlich Minos! Oder schnapp ihn dir selbst.«

Ich lache los. Und sie mustert mich von oben bis unten. »Na ja, so zwei bis drei Jahre musst du dich wohl schon noch gedulden, bis er dich überhaupt bemerkt.«

Danke, Gina! Dafür hast du dir diese Ohrfeige wirklich verdient. Zum Glück scheint meine Schwester darüber genauso überrascht zu sein wie ich. Denn sie steht da, als hätte sie jemand in Wachs gegossen, und hält sich die Backe. Ich flüchte in mein Zimmer und schmeiße mich heulend auf die Matratze.

Eine knappe Minute später öffnet sich die Tür und ich höre Gina hinter mir keuchen. Sofort höre ich auf zu schniefen und spanne meinen ganzen Körper an, denn ich warte auf ihre Rache.

Doch sie sagt nur: »Hier hast du deinen eigenen Liebesbrief, Schwesterchen«, wirft mir meinen Brief auf den Rücken und verschwindet direkt wieder.

Ich setze mich auf, reiße den Brief in tausend Schnipsel und stopfe anschließend Fransel und Romeo in meine alte Spieltruhe, in der ich inzwischen nur noch Dinge aufbewahre, die ich vielleicht irgendwann noch einmal brauchen könnte. Und ich heule und fluche dabei weiter vor mich hin, obwohl ich so natürlich auch nicht mehr Busen bekomme. Und wohl schon gar nicht gleich über Nacht.

Gegen Mittag steht Nadine mit ihren Habseligkeiten auf dem Fußabtreter und will wieder bei uns wohnen. Mama ist idiotischerweise überglücklich. Anscheinend weiß sie auch nicht so genau, was sie will.

»Dann kann sie mir direkt beim Kochen helfen«, schlägt Gina vor. »Wo sie sich jetzt tagelang erfolgreich um ihre Aufgaben herumgedrückt hat.«

Nadine will protestieren, aber da Mama keine Ahnung davon hat, dass unsere Kleine ihre Haushaltsverpflichtungen erfolgreich weggetauscht hat, hält sie lieber den Mund.

»Erpresserin!«, zischt sie Gina leise zu. Aber die zuckt nur unschuldig ihre sommerlich freigelegten Schultern.

»Wieso? Ich hab doch gar nichts gesagt.«

»Was in diesem Fall aufs Gleiche hinausläuft«, sage ich grinsend und hebe einen Topfdeckel. »Was gibt's denn eigentlich?«

»Moussaka.«

Na, da bin ich aber mehr als skeptisch.

»Bist du sicher, dass du das hinkriegst?«

»Klar.«

Ich versuche, Gina daran zu erinnern, dass in den letzten Tagen sämtliche exotischen Gerichte nahezu komplett im Mülleimer gelandet sind.

»Vielleicht versuchst du es erst mal mit Spaghetti. Oder noch besser mit Rührei. Dabei kann wenigstens nicht so viel schiefgehen.«

Doch meine Schwester hat nur einen fiesen Blick für mich übrig, und weil ich keine Lust habe, für noch mehr ihrer rücksichtslosen Experimente zur Verfügung zu stehen, schleiche ich mich unbemerkt aus der Wohnung und beschließe, lieber Papa um etwas Geld anzuquengeln.

Aber leider ist er gar nicht zu Hause. Mir fällt Cosmo's Kneipe ein und dass ich dort ja mal vorbeischauen könnte. Zum Glück weiß ich, wo das ist, und zum weiteren Glück ist es nicht weit entfernt.

Er steht hinter dem Tresen mit einem Geschirrtuch über der Schulter und einer finsteren Querfalte zwischen den Augenbrauen.

»Macht dir wohl nicht besonders viel Spaß, wie?«

Wie zur Bestätigung zieht er jetzt noch einen Muffelmund und stellt die erwartete Gegenfrage: »Was willst du denn hier?«

»Na dich.«

»Nur mich?«

»Beinahe.«

Er lächelt und drückt mir einen Kuss auf die Stirn.

»Ich liebe meine Töchter.«

»Ja und jetzt, da Nadine dich gerade wieder verlassen hat, da dachte ich ...«

»... du könntest den frischen Trennungsschmerz dazu nutzen ...«

»... und dich um eine kleine Taschengeldaufbesserung bitten.«

»Hast du größere Ausgaben? Oder sogar Schulden?«, fragt Papa belustigt und füllt ein paar Gläser mit Cola.

»Nee, mir ist alles in der Schule geklaut worden.«

Jetzt macht er wieder eins seiner ernsten Gesichter, stellt sich auf wie ein Lineal und drückt die Brust heraus.

»Was, in dieser erlesenen Bildungsstätte?« Dann fallen seine Schultern wieder herunter. Er stellt die Gläser auf ein Tablett und jongliert das Ganze auf einer Hand bis zum hintersten Ecktisch.

»Hast du einen Verdacht?«, fragt er, als er wieder zurück ist.

»Nee«, sage ich kopfschüttelnd. Aber dann fällt mir komischerweise Babsi ein und dass sie in der letzten Zeit fast immer zu spät gekommen ist. Wer weiß, vielleicht hat sie, außer sich piercen zu lassen, zu diesen Gelegenheiten auch ab und zu die Umkleidekabinen durchforstet. Was natürlich voraussetzt, dass noch mehr Schüler beklaut worden sind. Aber davon ist mir nichts bekannt. Trotzdem, auf einmal lässt mich dieser Gedanke nicht mehr in Ruhe. Derweil zückt Papa sein Portemonnaie und hält mir einen Zwanziger unter die Nase.

»Das reicht wohl erst mal.« Ich knutsche ihn dankbar auf die Backe. »Und pass demnächst besser auf dein Bares auf, okay?!«

Okay. Ich knülle den Schein unter dem missbilligenden Blick meines Vaters in meine Cordjackentasche.

»Ich pass schon auf. Versprochen.« Und wie. Immerhin sind das mindestens drei eingeschriebene Briefe, die muss Ricky schließlich persönlich bei mir abgeben.

»Und hetz mir jetzt nicht noch deine Schwestern auf den Hals.«

Nee, so blöd bin ich bestimmt nicht mehr. Früher hatte ich da ja einen ausgeprägten Gerechtigkeitssinn. Aber Gina bekommt sowieso viel mehr Taschengeld, das sie dann für dämlichen Schminkkram und Bücher ausgibt, die sie nicht liest. Und Nadine hat bei Papa bestimmt schon für ihr erstklassiges Zeugnis abkassiert.

Die Leute vom Tisch in der Ecke bezahlen und verlassen die Kneipe. Jetzt ist es ganz leer.

»Langweilig, hm?«, frage ich.

»Och. Wenn keiner da ist, mache ich hier ein bisschen sauber.« Er zeigt auf die Glasregale und hinter den Tresen.

»Das hast du zu Hause nie gemacht.«

»Nie stimmt nicht. Aber nicht sehr oft, da hast du recht.« Er seufzt. »Ich habe wohl eine ganze Menge nicht sehr oft gemacht.«

»Weiß Mama das schon?«

»Was?«

Dann lacht er. »Nein. Ich bin mir auch nicht sicher, ob sie's überhaupt noch interessiert, wenn ich ein paar Dinge neu überdacht habe.«

»Na ja. Im Moment spinnt sie sowieso. Wegen der Ausstellung und so.«

Er nickt. »Ich wünschte, ich hätte nur einmal so eine Chance gehabt.«

»Schreibst du eigentlich noch?«

Er schüttelt den Kopf.

»Im Moment habe ich keine Lust dazu. Vor drei Wochen habe ich mein letztes Manuskript verschickt. Und ich glaube, das war's.«

»Für immer?«

»Schon möglich.«

»Wovon handelt es denn? Das letzte Manuskript meine ich.«

Er trocknet die Colagläser ab.

»Ach, von einem Mann, der sich von seiner Familie ausgenutzt fühlt, der sich halb totarbeitet und immer nur Geld abdrückt. Eines Tages verliebt er sich in einem Museum in eine Frau auf einem Gemälde und träumt davon, mit ihr zu leben.«

Na toll!

»Und wie geht's aus?«

»Er kapiert, dass er in seinem wirklichen Leben was ändern muss, um glücklich zu sein.«

»Und warum machst du es nicht wie er?«

Er hebt die Hände in die Luft und lacht.

»Ich bin doch gerade dabei.«

»Wie kannst du dich nur so einfach davonstehlen?«, brüllt Mama mir entgegen.

»Tut mir leid. Aber ich wollte nicht schon wieder Ginas Fraß herunterwürgen.«

»Er war aber köstlich«, kommentiert Nadine. »Er sah zwar nicht so aus wie Moussaka beim Griechen, hat aber toll geschmeckt.«

»Deshalb brauchst du noch lange nicht, ohne Bescheid zu sagen, aus der Wohnung zu verschwinden«, schnauzt Mama mich an.

Wieso? Wenn sie nicht da ist, mache ich das doch auch so, denke ich und frage mich, wo da der Unterschied sein soll.

»Mach dir doch nicht immer so viel Sorgen«, sagt Gina zu Mama. »Wenn Pille unters Auto kommt, erfährst du's sowieso. Ganz egal, ob sie dir vorher was gesagt hat oder nicht.«

Mama hebt die Schultern und guckt uns ziemlich hilflos an. Irgendwie tut sie mir leid.

»Was hast du denn gegessen, wenn du Ginas Moussaka nicht mochtest?«

»Nichts.« Was mir selbst auch gerade erst auffällt.

»Und wo bist du den ganzen Tag gewesen?« Mittlerweile hat Mama wieder angefangen zu schreien.

»Du meinst den Nachmittag«, verbessere ich sie.

»Hör lieber auf, sie explodiert gleich«, sagt Gina. Und dafür bekommt sie jetzt die Ohrfeige, an der ich die ganze Zeit haarscharf vorbeibalanciert bin.

»Ich war bei Papa«, sage ich.

Gina verschwindet wutschnaubend in ihrem Zimmer, während sich Mama Nadine schnappt und sie im Badezimmer auf die Waage stellt. Meine kleine Schwester wehrt sich mit Händen und Füßen und schreit, dass Papa ihr immer genug zu essen gegeben hat. Aber meine Mutter ist erst zufrieden, als sie feststellt, dass Nadine wirklich kein Gramm abgenommen hat.

Und dabei fällt mir etwas absolut Sensationelles auf, was ich wegen unserer Streitereien anscheinend die ganze Zeit übersehen habe: Nadine trägt eine Jeans.

Wenn man zwanzig Euro Taschengeld im Monat bekommt, von dem einem wegen eines dummen Diebstahls und eines verständnisvollen Vaters letztendlich nur noch gut zehn bleiben, dann verzichtet man nicht einfach so auf eine Fünfundfünfzig-Cent-Briefmarke. Nämlich auf die, die ich auf meinen letzten Brief an mich geklebt habe und die seit gestern auf den Postwegen dieser Stadt unterwegs ist und dafür sorgen wird, dass ich Ricky morgen früh wieder nicht zu Gesicht bekommen werde. Es sei denn, ich könnte ihn irgendwie dazu bringen, den Brief auch ohne Einschreibevermerk persönlich bei mir abzugeben.

Die Idee ist blitzschnell geboren und der kleine Zettel ebenso rasch geschrieben. Mitten in der Nacht bringe ich ihn mit klopfendem Herzen am Briefkasten an und schlafe danach erst mal stundenlang nicht wieder ein. Trotzdem wache ich heute morgen früh genug auf und erwische sogar direkt einen freien Platz unter der Dusche.

Leise summend shampooniere ich mir die Haare ein, als plötzlich ein gurgelndes Geräusch in der Leitung ertönt und das Wasser wegbleibt. Ich fluche und schreie und Mama kommt angerannt und entschuldigt sich hundertmal dafür, dass sie vergessen hat mir zu sagen, dass heute Morgen zwischen halb neun und halb zwölf das Wasser abgedreht wird. Wegen irgendwelcher dämlicher Reparaturarbeiten, die man leicht auch an einem anderen Tag hätte durchführen können.

»Geschieht dir recht. Warum warst du gestern auch nicht da?«, kichert Nadine schadenfroh.

»Ihr tut gerade so, als wäre ich Ewigkeiten verschollen gewesen«, sage ich wütend und reibe mir den Schaum mehr in die als aus den Augen. »Sagt mir lieber, was ich jetzt machen soll.«

»Handtuch drum«, schlägt Mama vor. »Und dann in drei Stunden ausspülen.«

»Klasse.«

Doch was bleibt mir anderes übrig? Gina wickelt mir eins um den Kopf. Ich steige in den Bademantel und tapse in die Küche.

Kurze Zeit später klingelt Ricky. Aber diesmal gibt es einen Wettlauf zwischen Gina und Nadine.

»Morgen mache ich mit«, sagt Mama. »Vielleicht kriege ich dann ja auch einmal einen Liebesbrief.«

Ich sperre meine Ohren auf und höre Rickys tiefe Stimme und das alberne Gekicher meiner Schwestern. Vor lauter Shampooschaumgeknister verstehe ich aber leider kein Wort. Doch immerhin vernehme ich wenigstens den Klang seiner Stimme.

»Träumst du schon am helllichten Tag?«, fragt Mama mich. Aber dann lächelt sie. »Na ja, scheint jedenfalls ein süßer Traum zu sein.«

»Wieso?«, frage ich zurück, ohne wirklich auf eine Antwort zu warten, denn meine Ohren sind in Wahrheit immer noch vor der Eingangstür.

Die klappt gerade zu. Und Nadine kommt in die Küche gerannt. »Das Schloss vom Briefkasten ist kaputt.«

»Wie bitte?« Mama ist etwas irritiert.

»Schon wieder für Pille«, sagt Gina. »Kriegst aber viel Post seit gestern.« Sie schmeißt mir den Brief auf den Teller. »Getroffen!«

»Na und? Ist das neuerdings verboten?«, pampe ich sie an.

»Nö, nur auffällig.«

»Mich interessiert im Moment ja viel mehr, was mit dem Schloss ist«, sagt Mama und ich verkrieche mich vorsichtshalber schon mal hinter meinem Toastbrot.

»Der Postbote sagt, unten klebt ein Zettel auf dem Briefkasten, dass das Schloss kaputt ist und er deshalb die Post bitte hochbringen soll«, erklärt Gina. Und ich werde noch ein Stückchen kleiner.

»Das verstehe ich nicht«, sagt Mama. »Holst du den Zettel mal rauf.«

Sie meint Gina, aber Nadine rennt gleich los.

In ungefähr dreiundvierzig Sekunden ist sie wieder da. Mama nimmt den Zettel, hält ihn ein wenig von sich weg und kneift ihre Augen zusammen.

»Das sind zwar Druckbuchstaben, aber ich würde trotzdem sagen, das ist Samanthas Schrift«, sagt sie nach einer langen, qualvollen Minute. Dann sieht sie mich an. Ziemlich nachdenklich und auch nicht gerade kurz.

»Ich habe keine Ahnung, was mit dir los ist«, sagt sie endlich. »Aber ich kann mich selbst noch ganz gut daran erinnern, wie es ist, wenn man fast dreizehn Jahre alt ist. Da spielt die ganze Welt verrückt. Gina hat es schon fast hinter sich gebracht und Nadine steht es noch bevor.« Sie lehnt sich zurück. »Warum soll ich mich also groß darüber aufregen?«

Sie atmet tief durch und macht eine ausgedehnte Pause. Wir starren sie an und warten gespannt. Denn sie ist mit dreihundertprozentiger Sicherheit noch nicht fertig mit ihren Ausführungen. Und tatsächlich: »Es geht aber nicht an, dass andere darunter leiden müssen. Ich werde unseren armen Briefträger also wohl oder übel noch einmal zum Essen einladen müssen.«

Und in ihrem Gesicht erscheint dabei das blödeste Lächeln, das ich bisher an meiner Mutter gesehen habe.

Vor dem Schalter ist eine Riesenschlange. Ich trete ungeduldig von einem Fuß auf den anderen und klemme meine Unterlippe immer wieder unter meine oberen Schneidezähne, bis sie mit Sicherheit so durchblutet ist, dass ich auf einen Lippenstift verzichten kann.

Ich rücke einen Schritt vor, schabe nun mit der unteren

Zahnreihe kräftig über meine Oberlippe und schaue dabei gelangweilt aus der großen Fensterscheibe des Postamtes auf die Straße.

So ein Pech! Draußen marschiert prompt der Astronaut vorbei, sieht in die Schalterhalle, erblickt mich, zuckt zusammen, guckt wieder weg und geht weiter. Ich bete, dass er mich dieses eine Mal mit seiner Anwesenheit verschont.

Vorsichtig luge ich über meine Schulter zum Eingang. Nein, er kommt nicht. Ich rücke eine Position weiter in Richtung Postschalter.

Was er wohl auf einmal hat? Zugegeben, unser letztes Gespräch ist ein bisschen zähflüssig gewesen und ich habe mich bisher auch nicht besonders für seine schrägen Ideen interessiert. Möglicherweise hat er das sogar gemerkt. Kann ja sein, dass sich solche Signale irgendwie mitteilen. Es durchzuckt mich wie ein Stromschlag. Ein und dieselben Radiowellen kann jeder empfangen, der ein entsprechendes Gerät hat. Wie ist es denn dann mit Sympathiewellen? Würde Heike es beispielsweise merken, wenn ich diesen allerseits äußerst beliebten Astronauten nett fände? Das wäre ja peinlich! Da ist es nur gut, dass ich ihn überhaupt nicht leiden kann.

Und Ricky? Was ist mit ihm? Ob der wohl schon weiß, wie sehr ich ihn liebe? Wäre auch ziemlich unangenehm. Andererseits aber auch praktisch. Dann bräuchte ich es ihm nicht mehr zu sagen.

»Träumst du?«

Diese Frage reißt mich ziemlich brutal in das kleine Postamt zurück. Vor mir bis zum lächelnden Beamten hinter der Glasscheibe herrscht meterweise gähnende Leere.

»'tschuldigung«, murmle ich und trete nach vorn. »Per Einschreiben, bitte.«

»Dann musst du aber noch diesen kleinen Zettel hier ausfüllen«, sagt der Beamte und zeigt auf einen kleinen Quittungsblock, der rechts neben mir auf dem Tresen liegt.

»Das ist aber ein blödes System«, nörgle ich, trete zur Seite und lasse das hintere endlose Ende der Schlange vorbei.

Im Einkaufszentrum läuft mir Babsi genau vor die Nase.

»Hi«, sagt sie ungewohnt freundlich und grinst mich an.

»Hallo.« Ich bin ein wenig irritiert. Wenn Heike nicht mit mir redet, dann dürfte Babsi es doch eigentlich auch nicht. Oder?

»Bist du auch nicht verreist?«, fragt sie mich.

»Nö, meine Mutter macht demnächst 'ne Ausstellung. Da können wir nicht weg.«

»Was denn für eine Ausstellung?«

»Sie malt. Bilder und so.«

»Aha. Toll.«

Wir laufen schweigend eine Weile nebeneinanderher. Mir fällt ein, dass Heike erzählt hat, dass Babsi angeblich kein richtiges Zuhause hat.

»Und was ist mit deinen Eltern?«

»Ach, alles okay.«

»Ich meine, warum macht ihr keinen Urlaub?«

»Keine Kohle.« Babsi hebt bedauernd die Schultern.

Dann ist sie vielleicht wirklich eine Diebin und hat mein Taschengeld geklaut. Und über ihre Eltern hat sie schließlich auch nichts Richtiges erzählt. Was soll ich jetzt machen? Ich kann doch nicht einfach weiter ganz harmlos tun. Ich kann sie aber auch nicht wie eine Verbrecherin behandeln.

»Äh, wo musst du denn hin?«, frage ich.

»Zum Supermarkt, einkaufen.«

»Aha. Na ja, ich muss zum Metzger, zum Abendessen noch etwas Aufschnitt besorgen.«

»Na gut«, sagt sie fröhlich. »Also bis dann.«

Bis wann?, denke ich erschrocken und schlurfe langsam zum Metzger. Aber dann wird mir klar, dass das überhaupt nichts bedeutet.

Ricky heißt Frantek. Und als Mama mit ihm zum Chinesen fährt, ist sie wieder dermaßen gestylt, dass einem ganz schlecht werden kann.

»Wir müssen was tun«, sagt Gina mit zittriger Stimme. »Dieser Postbote ist erstens nicht Papa und zweitens viel zu jung für sie.«

Ich nicke und kämpfe dabei mit den Tränen. Dass es noch einen weiteren Grund dafür gibt, dass Mama sich lieber nicht in Ricky, nein Frantek, verlieben sollte, brauchen meine beiden Schwestern nicht zu wissen.

Nadine schluckt ein paar Mal und ist ansonsten reichlich still. Und das finde ich ziemlich ungewohnt.

»Vielleicht sollten wir seine Aufmerksamkeit auf mich lenken«, schlägt Gina vor.

Diese Idee finde ich ausgesprochen blöd.

»Du weißt doch genau, was Mama gesagt hat«, blöke ich sie an. »Dass du dich bloß nicht mit dem einlassen sollst.«

»Hat sie das? Kann mich gar nicht daran erinnern«, erwidert Gina schnippisch.

»Ich war das. Mir hat sie das verboten«, meldet sich Nadine.

Gina lacht.

»Du hast mit so was ja auch noch ein bisschen Zeit.«

Nadine schmollt.

Ich werfe einen Blick auf ihre Beine und stelle endlich die Frage, die ich schon längst hätte stellen sollen: »Wie kommst du an die Jeans?«

»Na, gekauft.«

»Logisch«, sagt Gina ungeduldig. Dann wirbelt sie einmal wieder ihre Mähne durchs ganze Zimmer und grinst. »Bist du vielleicht schon weiter, als wir dachten?«

»Ihr seid jedenfalls genauso blöd wie immer«, kontert Nadine. Und dann ist kein einziges Wort mehr aus ihr rauszukriegen. Zumindest nicht in Bezug auf ihre Jeans.

»Ich könnte ihn unauffällig ausquetschen«, sage ich.

»Wen?«, fragt Gina. Ich verdrehe die Augen.

»Ach so«, sagt sie und scheint zu überlegen. »Unauffällig? Und du glaubst, du kriegst das hin?«

»Klar.«

»Okay.« Gina ist einverstanden. Ehrlich gesagt, zu meiner allergrößten Verwunderung.

»Und Mama wird schärfstens beobachtet«, bestimmt sie. »Und das übernehme ich.«

»Wenn du dir was davon versprichst.« Ich gähne, denn erstens bin ich ziemlich müde und zweitens finde ich diese Aufgabe ganz schön langweilig. Nadine hat sich inzwischen bereits in ihr Zimmer abgesetzt. Gina guckt verträumt vor sich hin.

»Vielleicht machen wir uns ja zu viele Gedanken«, sagt sie plötzlich.

Das soll jetzt mal einer verstehen, Schwesterchen. Vor einer Viertelstunde hast du das noch völlig anders gesehen.

Aber ich habe noch längst nicht zu Ende gestaunt.

»Und weißt du, was.« Sie lächelt mich zuckersüß an. »Deine Yucca nehme ich übrigens gerne.«

»Geliehen.«

»Klar, geliehen.«

Ich quetsche mir ein Danke heraus, denn ich traue der Sache natürlich nicht so recht.

»Muss ich was dafür tun?«

»Quatsch.«

Gina macht eine abwehrende Armbewegung und sieht aus wie die Wohltätigkeit in Person.

»Na gut. Und morgen früh lässt du mich allein mit dem Postboten reden«, sage ich.

Jetzt ist meine Schwester mit dem Wundern an der Reihe.

»Woher weißt du denn, dass er zu uns kommt. Oder willst du dich etwa heimlich auf die Lauer legen?«

Fransel und Romeo hocken beleidigt in ihrer Truhe und haben nicht ein tröstendes Wort für mich übrig. Ich zerwühle mein ganzes Bettzeug und versuche, zur Abwechslung sogar mit dem Kopf in die andere Richtung zu schlafen. Aber das nützt überhaupt nichts. Die Gedanken strudeln kreuz und quer in meinem Schädel herum und halten mich wieder einmal stundenlang wach.

Was ist, wenn Mama tatsächlich in Ricky – ich kann mich einfach nicht an Frantek gewöhnen – verliebt ist? Darf ich ihn ihr dann überhaupt ausspannen? Oder sie mir? Schließlich nimmt sie auf mich auch keine Rücksicht. Muss sie vielleicht auch gar nicht. Außerdem hat sie ja auch keine Ahnung von meinen Gefühlen. Wahrscheinlich würde sie sowieso nur darüber lachen.

Ich wälze mich weiter hin und her, ziehe mir die Bettdecke bis zum Hals und klemme sie mir eine Sekunde später wieder zwischen die Beine, weil ich einen Hitzeanfall bekomme. Außerdem habe ich wieder dieses komische Ziehen im Bauch. Hoffentlich werde ich nicht krank. Darmgrippe mit dazugehöriger unkontrollierter Entleerung oder etwas ähnlich Scheußliches. Ausgerechnet in den Ferien und ausgerechnet jetzt, wenn Ricky, nee, Frantek, mir täglich meine Briefe bringen soll.

6

Nadine springt vom Stuhl, als es an der Tür klingelt. Doch Gina zieht sie gleich wieder zurück und zischt: »Bleib gefälligst sitzen.«

Ich stehe langsam auf und schlendere scheinbar gelassen zur Wohnungstür. In Wahrheit pulsiert meine Halsschlagader so heftig, dass ich das Gefühl habe, mir könnten jeden Augenblick die Ohren abfliegen. Was für ein Wunder, dass sich Gina an unsere Abmachung hält!

Irgendetwas muss da faul sein. Aber im Augenblick, so kurz vor dem Zusammentreffen mit Frantek, habe ich natürlich keine Zeit, darüber nachzudenken.

»Ein Einschreiben für Samantha Rottmann.«

Er schaut mich mit seinen sanften Strahleaugen an. Fast rutscht mir ein »Ich weiß« heraus.

»Ich bin Samantha Rottmann«, sage ich stattdessen.

»Ach so, ja.« Er kratzt sich am Kopf. »Und ich dachte, das wäre deine, äh, Ihre kleine Schwester?«

»Nadine«, erwidere ich, halb beleidigt und halb aufgeregt, und unterschreibe den Zettel, den er mir hinhält.

»Nadine?«

»So heißt meine kleine Schwester.«

»Aha und wie . . .«

»Samantha«, helfe ich ihm.

Er kratzt sich am Kopf.

»Ist gar nicht so einfach bei euch«, sagt er und lächelt.

Er lächelt tatsächlich! Und ich habe ihn dazu gebracht!

»Wie alt bist du denn überhaupt? Ich meine, wieso bekommt ein Kind einen eingeschriebenen Brief?«

Ein Kind?

»Ich bin dreizehn.«

Das ist zwar gelogen, aber in knapp fünf Monaten entspricht es schließlich der Wahrheit.

»Na ja, dann bist du ja schon fast erwachsen.«

»Ja«, erwidere ich und recke mich wie zur Bestätigung noch ein wenig in die Länge. Und dann fällt mir ein, dass ich einen Auftrag zu erfüllen habe.

»Und wie war's gestern Abend?«

Wann ist Mama überhaupt wiedergekommen? Ich muss noch Gina fragen, ob sie das mitgekriegt hat.

Er strahlt. »Ganz toll war's. Du hast wirklich eine erstklassige Mutter.«

»Soll ich ihr das ausrichten?«, frage ich beleidigt.

»Das bleibt besser unter uns.« Er kneift ein Auge zu. Und dann ist er schon wieder weg.

So, ganz toll war's also. Wie darf ich das denn jetzt verstehen? Alles in allem also mindestens Alarmstufe Rot. Und das in jeder Hinsicht.

»Gina!«, schreie ich. »Ich habe heute Nacht meine Tage gekriegt!«

Man fühlt sich, als müsse man jeden Moment sterben. Man liegt mit einer Wärmflasche auf dem Bauch im Bett. Außerdem denkt man dauernd, man steht kurz vor der nächsten Überflutung. Und dann stürzt man trotz dieser tödlichen Krämpfe ziemlich schnell ins Bad. Bei einer solchen Gelegenheit ertappe ich Gina dabei, wie sie sich etwas in den BH steckt.

»Was machst du denn da?«

»Braucht dich nicht zu interessieren«, erwidert sie und stakst auf den Flur hinaus.

»Tut es aber«, sage ich gequält und halte mir den Unterleib. Ich starre ihr hinterher und mein Blick bleibt auf ihrem Po kleben.

»Außerdem ist dein Hintern ganz schief.«

Sie greift mit beiden Händen danach und rückt ihn gerade.

»Ist ja sensationell!«, rufe ich und vergesse für einen Moment meine Krämpfe. »Ist das so was wie ein *Wonderbra?*«

»Pst.« Gina hält sich einen Zeigefinger gegen die Lippen. Dann flüstert sie mir zu: »So was Ähnliches.«

»Aber das ist doch Pfusch.«

»Du musst nicht immer so eindimensional sein.«

So ein Quatsch!

»Minos fand dich doch auch so in Ordnung, oder? Sonst hätte er doch wohl kaum etwas mit dir angefangen. Und wenn er dich jetzt auszieht . . .«

»Tut er aber nicht.«

»Und überhaupt! Erst die ganzen Bücher und jetzt noch diese Polster. Was will er denn eigentlich noch? Eine superschlaue, supersexy Freundin oder was?«

»Jetzt vergiss doch endlich mal Minos«, sagt Gina eindringlich.

Allmählich fallen bei mir die Münzen.

»Du hast einen anderen.«

»Noch nicht.«

»Aber du bist in einen verknallt!«

Sie sagt weder Ja noch Nein.

»Und wer ist es?«

»Meine Güte, bist du neugierig!«

»Wenn du dir für ihn solche Dinger in die Unterhose steckst.«

»Ach, das mache ich doch nicht für einen Typen.«

»Nee, klar. Das tust du nur für dich.«

»Ach, du. Du hast doch sowieso keine Ahnung mit deinen mickrigen zwölf Jahren«, sagt Gina abfällig.

»Fast dreizehn.«

Gina dreht ihre Augen so heftig nach oben, dass die Iris unter der Stirn verschwindet und nur noch das Weiße zu sehen ist. Ein Anblick, der mir jedes Mal eine Ganzkörpergänsehaut beschert.

»Nun sag doch schon, wie er heißt.«

»Nervensäge«, erwidert sie ungeduldig. »Irgendwas mit F.«

Na, toll.

»Ich muss ihn doch erst näher kennenlernen«, sagt sie, als wolle sie mich besänftigen. »Und in der Zwischenzeit könntest du noch etwas für mich tun.«

Nö.

»Was denn?«

»Diesen Briefträger fragen, was ihm an Mama überhaupt so gefällt. Aber möglichst so, dass er es nicht merkt.«

Wie soll das denn gehen?

»Okay.«

Schließlich mache ich das ja auch für mich.

»Darf ich reinkommen?«

Es ist Heike, die vor der Tür steht. Sie sieht ziemlich fertig aus. Ganz blass mit roten Augen, so als hätte sie stundenlang geheult.

Ich lasse sie an mir vorbei und wir gehen in mein Zimmer.

»Hast du mal wieder ein paar Mäuse umgebracht?«, frage ich kühl.

»Ich?« Sie guckt mich ungläubig an. »Du denkst doch nicht etwa, ich hätte sie tatsächlich im Klo runtergespült?«

»Nee, schon klar, das waren sie selber.«

»Quatsch.«

Ich weiß allmählich nicht mehr, was ich ihr überhaupt glauben soll. Ich habe sogar das Gefühl, sie blickt selbst nicht so ganz durch.

»Die Mäuse sind alle völlig in Ordnung«, sagt Heike. »Nur meine Mutter, die hatte einen Unfall.«

»So.« Ich bleibe ziemlich gelassen, denn in der Beziehung hat sie mich ja auch schon einmal angeschwindelt.

»Die Leiter ist umgefallen.«

»Aha.«

»Sie liegt im Krankenhaus. Auf der Intensivstation.«

»Und dein Vater?«

»Ich habe keinen.«

»Jeder hat einen.«

»Meiner ist aber tot.«

Das sagt sie ganz ruhig und sieht sich dabei in meinem Schlauchzimmer um.

»Ist aber klein hier.«

»Hm.« Ich nicke.

»Sind bei euch alle Zimmer so?«

»Nee, nur meins.«

Sie reißt ihre Augen auf.

»Jetzt sag bloß nicht, du hättest es dir ausgesucht.«

»Nicht direkt.«

»Aha.«

»Und was ist jetzt mit deiner Mutter?«

Sie schweigt.

»Bei dir kann ich wohl nicht wohnen?«, fragt sie dann leise.

»Wie wär's, wenn du Babsi mal fragen würdest?«

»Vergiss sie.«

»Wieso, sie ist doch deine Freundin.«

Heike wird sauer. Sie springt hoch, stemmt genau wie Gina ihre Fäuste in die allerdings nicht ganz so schmale Taille und meckert los: »Habe ich dir nicht gesagt, dass du sie vergessen sollst?!«

»Schon gut«, sage ich und überlege, was ich jetzt am besten tun soll. Dummerweise ist keiner zu Hause. Auch wenn es blöd ist, ich habe Schiss vor Heike.

»Meine Mutter muss natürlich einverstanden sein.«

Heike stöhnt.

»Ach ja, du hast sie ja nicht so gut im Griff. Habe ich vollkommen vergessen.«

»Was soll das denn heißen?«

»Meine macht jedenfalls, was ich will.«

Ja, das habe ich gesehen. Mag ja sein, dass es praktisch ist, gut finde ich es trotzdem nicht. Doch das sage ich besser nicht.

»Jetzt erzähl doch endlich, was mit deiner Mutter passiert ist.«

Heike macht ein betrübtes Gesicht.

»Na ja. Sie ist von der Leiter abgerutscht. Beim Staubwischen. Sie hat eben diesen Putzfimmel. Sie hat sich ein Bein und ein paar Rippen gebrochen und die stecken jetzt teilweise in der Lunge.«

»Das hört sich ja schlimm an. Und? Wird sie? Ich meine . . .«

»Der Arzt sagt, er hätte das im Griff.«

Ich nicke.

»Hast du denn keine Oma?«

Sie schüttelt den Kopf.

»Tante? Onkel . . .? Niemanden?«

»Nein.«

»Okay. Ich rufe meine Mutter im Büro an«, sage ich und erhebe mich von meiner Matratze.

»Irgendwie kann man hier schlecht drauf sitzen«, sagt Heike. Und als ich gerade die Tür öffnen will, fragt sie ganz leise, ohne mich dabei anzusehen: »Kannst du mich nicht einfach hier verstecken?«

Was?!

Sie schaut mich mit gesenktem Kopf vorsichtig an. Schließlich springt sie auf und sagt: »Ach, vergiss es«, rennt an mir vorbei mit einem lauten Türknall zur Wohnung hinaus.

»Wieso heißt die kleine Schwester, die du eigentlich gar nicht hast, Nadine?«

Frantek hält mir den nächsten eingeschriebenen Brief hin.

Oh, so ein Mist! Wieso musste er sich diese klitzekleine Lüge vor ein paar Wochen auch so genau merken?

»Äh . . .«

»Jetzt erzähl mir bloß nicht, sie ist so klein, dass du sie andauernd übersiehst.«

Er grinst. Und meine Knie werden so weich wie ein in Tee getunkter Zwieback. Ich versuche zurückzulächeln, aber ich befürchte, dass es mir gründlich misslingt.

»Ich habe sie nämlich neulich zufällig kennengelernt.«

»Nadine?«

Ich habe das schreckliche Gefühl, dass meine Stimme versagt.

»Ja, und ihre reizende Freundin Britta ebenfalls. In Cosmo's Kneipe.«

Aha, bei Papa also. Aber wieso trägt er dort auch aus?

»Haben Sie mal wieder Vertretung gemacht?«

Ich weiß nicht, wie, aber irgendwie habe ich diesen Satz am Stück herausgekriegt.

Er nickt.

»Dummerweise lasse ich mich immer wieder dazu breitschlagen.«

Mein Herz fängt an zu jubeln. Wir haben etwas gemeinsam!

»Mir geht es genauso. Mit meinen Schwestern.«

»Schwestern? Ach so, ich weiß schon, es gibt ja auch noch die mit den Büchern. Gina, stimmt's?«

Ich nicke und frage: »Hat meine Mutter denn überhaupt nichts über uns erzählt?«

Er zuckt die Achseln und sieht mich etwas schief an.

»Wir hatten wohl andere Themen. Kunst und so.«

Aha, dafür interessiert er sich also auch. Was natürlich gar nicht gut ist.

»Was finden Sie denn überhaupt so toll an Mama?«

Er weicht einen Schritt nach hinten, so als hätte ich ihm eins in den Magen verpasst.

»Moment mal, sie hat *mich* eingeladen.«

»Aber das letzte Mal haben Sie doch gesagt, dass sie klasse ist.«

»Ist sie ja auch.« Er guckt so, als habe er etwas falsch gemacht, das nun dringend wieder in Ordnung gebracht werden muss. »Ich habe wirklich nichts gegen sie.«

Nachdem ich den nächsten Brief bei der Post abgeliefert habe, schlendere ich durch die Gegend und denke nach. Über Heike und ihren merkwürdigen Auftritt gestern. Mama habe ich vorsichtshalber nichts davon erzählt. Wo Heike jetzt wohl ist? Vielleicht ja doch bei Babsi. Immerhin hat sie zur Zeit kein richtiges Zuhause, wenn ihre Mutter im Krankenhaus liegt und ihr Vater tot ist. Ich bekomme eine eklige Gänsehaut. Es ist schon schlimm genug, wenn man nicht mehr mit seinem Vater zusammenwohnen kann. Aber überhaupt keinen mehr zu haben, muss wirklich schrecklich sein.

Hat nicht Heike erst neulich über Babsi erzählt, dass sie kein richtiges Zuhause mehr hat? Babsi aber hat mir gesagt, dass mit ihren Eltern alles in Ordnung ist. Und es gibt auch keinen Grund, weshalb sie mich anlügen sollte. Eigentlich hat sie sich sehr ehrlich angehört. Heike dagegen hat mir bisher kaum etwas Wahres von sich erzählt, nur ziemlich krauses Zeug.

Also glaube ich ihr auch nicht, dass ihre Mutter einen Unfall hatte. Und gestern, da hat sie doch wohl keinen

Schlafplatz gesucht, sondern eher ein Versteck. Ja, klar! Sie ist vor irgendetwas auf der Flucht. Von Zuhause abgehauen oder so. Aber warum? Wenn sie ihre Mutter doch so gut im Griff hat . . . Na, vielleicht hat sie ja irgendetwas Blödes angestellt und traut sich jetzt nicht mehr heim. Wundern würde ich mich darüber jedenfalls nicht. Vielleicht frage ich sie, wenn sie mir wieder über den Weg läuft.

Komisch eigentlich, dass sie ausgerechnet zu mir gekommen ist. Wir sind doch nun wirklich keine Freundinnen. Jedenfalls bin ich froh, dass ich mich auf nichts eingelassen habe.

Diese Überlegungen machen mich ganz konfus und ich versuche, Heike aus meinem Arbeitsspeicher auszuklinken und lieber an Frantek zu denken.

Ein komischer Name eigentlich. Wo der wohl herkommt? Vielleicht sollte ich einfach mal Mama fragen. Gut, dass er nicht in sie verliebt zu sein scheint. Gleich nachher werde ich es Gina und Nadine erzählen und die werden bestimmt heilfroh sein, dass wir uns darum wahrscheinlich keine Sorgen mehr zu machen brauchen.

»Was hat er gesagt?« Gina beäugt mich stirnrunzelnd. »Wie hat er sich genau ausgedrückt?«

Ich starre auf den gefüllten Bücherkarton und antworte ihr wie ein Roboter: »Er hat gesagt: ›Ich habe wirklich nichts gegen sie.‹«

Gina setzt sich vor ihren Schreibtisch, stützt einen Ellenbogen darauf, ihr Kinn in der dazugehörigen Hand ab und scheint zu überlegen.

Ich sehe zu ihrem Regal hinüber, das bis auf die blaue Glasvase vollkommen leer ist.

Und ich habe zuerst schon gedacht, dass sie noch mehr bestellt hat.

»Wieso hast du deine Bücher wieder ausgeräumt?«

»Wie?«

»Wo sind die ganzen Bücher, die du bestellt hast . . .?«

»Die verkaufe ich wieder. Oder verschenke sie bei Gelegenheit.«

»Du hast sie dir also tatsächlich nur wegen Minos angeschafft!«

»Pille, ich will diesen Namen nicht mehr hören. Kapierst du das nicht?«

Allmählich schon. Ich wüsste allerdings nur zu gerne, wieso Gina so sauer auf ihn ist. Doch ich habe das Gefühl, dass sie keine Lust hat, mit mir darüber zu reden.

»Wie hat er das denn gesagt?«

»Wie? Wer?«

»Na, Frantek. Hat er es so gesagt, als wolle er sich verteidigen, oder hat er das einfach so ganz ohne Betonung, so mehr oder weniger unauffällig ausgedrückt.«

Meine Güte, macht die das aber kompliziert!

Sie wendet mir ihre gesamte Vorderfront zu und schaut mir direkt in die Augen.

»Pille, verstehst du denn nicht? Wenn er es ohne jede

Betonung gesagt hat, dann kann das auch bedeuten, dass er total in sie verknallt ist.«

Nee, das verstehe ich nun wirklich nicht.

»Wenn man versucht, sich unauffällig zu verhalten, dann heißt das vielleicht, dass man ganz große Gefühle dahinter verstecken will«, erklärt sie mir.

»Und das nennt man dann Psychologie, nicht?«

Meine Schwester verzieht ihre Mundwinkel und guckt wie eine beleidigte Leberwurst.

»Genau. Aber du solltest jetzt lieber Mama ausquetschen. Ich übernehme Frantek.«

Ich spüre einen kleinen Stich unter meinem Brustbein und kriege für eine Sekunde keine Luft.

»Wann bekomme ich übrigens deine Yucca?«

Das hört sich ja beinahe so an, als wolle sie mir gar keinen Gefallen tun, sondern die Palme aus purer Berechnung in ihr Zimmer stellen.

»Dein neuer Typ steht wohl auf Botanik, was?«

Ohne eine Antwort abzuwarten, verabschiede ich mich aus ihrem Zimmer und mache hinter der geschlossenen Tür einen kleinen Hüpfer. Denn ich bin mir ganz sicher, dass ich da gerade, psychologisch gesehen, ins Schwarze getroffen habe.

Mama steht mit Pinsel und Palette in der Hand zwischen unzähligen Farbeimern und kneift prüfend ihre Augen zusammen. »Wie findest du es?«

»Ganz gut«, lüge ich, denn ehrlich gesagt, erkenne ich keinen Unterschied zwischen dem Gebilde auf der Leinwand und ihrem bekleckssten Kittel.

»Hm«, sagt sie und malt noch ein paar schlammfarbene Striche in die obere linke Ecke.

»Mama?«

»Mhm.«

»Findest du es nicht auch ziemlich bemerkenswert, dass Nadine neuerdings 'ne Jeans hat?«

»Eine?« Meine Mutter guckt mich lächelnd an. »Sie hat bestimmt fünf, sechs Stück. Und alle sind vollkommen gleich.«

»Dann ist mit ihr was nicht in Ordnung.«

Mama legt ihren Kopf zurück und lacht.

»Aus deinem Bett sind Fransel und Romeo verschwunden, heißt das etwa, dass mit dir auch etwas nicht in Ordnung ist? Oder denk doch mal an Gina und ihre Bücher?«

»Das war doch wegen Minos«, sage ich sofort.

Sie nickt. »Genau.«

»Ich habe aber keinen Freund und Nadine auch nicht.«

»Weißt du das so genau?«

»Nee«, gebe ich zu.

»Und du? Du bist wohl auch nicht gerade zufällig verknallt?«, fragt sie auffallend extra beiläufig.

»Quatsch. Ich bin nur langsam ein bisschen zu alt für Stofftiere.«

»Tatsächlich? Gina hatte diese komische Ente noch, als sie fast vierzehn war.«

»Aber nicht in ihrem Bett.«

»Darauf würde ich nicht unbedingt wetten«, erwidert meine Mutter.

»Wieso hast du überhaupt in meinem Zimmer herumgeschnüffelt?«

»Ich habe nicht herumgeschnüffelt. Ich habe dein Bett neu bezogen, bevor man dich da hätte herausmeißeln müssen.«

»Haha.«

»Wie hast du denn eigentlich deine erste Regel überstanden?«

Auch diese Frage klingt eine Spur zu beiläufig.

»Na ja, war schon okay. Aber allzu häufig muss ich das nicht haben.«

»Da wirst du nun wohl kaum mehr drum herumkönnen.«

»Wenn es nur nicht so wehtäte.«

Meine Mutter nickt. »Bei mir war das auch erst besser, nachdem Gina auf der Welt war.«

Na wunderbar!

»Aber wenn die Wärmflasche oder warm baden nichts nützt, dann kann Gaby dir sicher mal ein paar Akupressurpunkte zeigen.«

Gaby ist Mamas Freundin und Heilpraktikerin. Eigentlich geht sie mir auf die Nerven, weil sie sich damit immer so wichtig macht. Aber bevor ich an diesen blöden Krämpfen zugrunde gehe, kann ich sie ja vielleicht ausnahmsweise doch mal über mich ergehen lassen.

Ich tue so, als wollte ich Mamas Wohnatelier wieder verlassen, aber dann mache ich es so wie Columbo: Ich hebe einen Arm und sage: »Ach ja.«

Mama guckt wie ein Fragezeichen, wenn es gucken könnte.

»Wie waren denn deine Abende mit unserem Postboten?«

»Nett. Wieso?«

»Na ja«, druckse ich. »Könnte ja sein, dass du dich wieder verliebst.«

»Könnte.«

»Und?«

»Im Augenblick bin ich mit den Bildern beschäftigt.«

»Besonders viel erzählst du ja nicht.«

»Warum sollte ich euch mehr erzählen als ihr mir?«

Tja, warum? Vielleicht, weil sie unsere Mutter ist. Und weil wir uns im Ernstfall gleich mit einem neuen zusätzlichen Vater zu beschäftigen haben, während sie in unseren Freunden nicht einmal künftige Schwiegersöhne befürchten muss. Obwohl ich bei Frantek nicht Nein sagen würde, wenn er mich gleich morgen heiraten wollte.

7

Heute sind es gleich zwei Liebesbriefe für dich«, sagt Frantek grinsend. »Der eine ist allerdings nicht eingeschrieben.«

»Liebesbriefe. So 'n Quatsch!«

Bestimmt hat er sich inzwischen zusammengereimt, dass ich diejenige bin, die ihm vor einigen Wochen mit dem giftgrünen Fransel im Arm die Tür geöffnet hat. Und deshalb hält er mich wohl leider immer noch für ein Kleinkind.

»Bist du denn für so was nicht noch zu jung?«, fragt Frantek dann auch betont scheinheilig.

Sehr witzig! Ich schiele auf den unerwarteten Brief: ein hellblauer Umschlag mit krakeligen Buchstaben bemalt.

»Anscheinend nicht«, sage ich nachdenklich.

»Also, ich würde mich freuen, wenn ich einen Liebesbrief bekäme.«

Hurra, dann hat er im Augenblick also keine Freundin!

»Von einer Bestimmten?« Meine Stimme ist ganz rau und leise.

Frantek lächelt nervös, zuckt ein bisschen hilflos mit den Achseln und krächzt: »Schon möglich.« Er hört gar nicht mehr auf zu lächeln.

»Also, bis dann.« Er tippt auf die Briefe in meiner Hand. »Vielleicht sehen wir uns wieder.«

Mit einem Mal bin ich der glücklichste Mensch auf der Erdkugel. Er hofft also auch, dass er mich bald wiedersieht!

Ich lausche noch seinen Schritten in den unteren Stockwerken hinterher, schließe leise die Wohnungstür und verschwinde mit dem frisch errichteten Ameisenbau in meinem Bauch in meinem Schlauchzimmer. Dort krame ich mein Regenbogenbriefpapier hervor und schreibe:

Lieber Frantek,
ich liebe dich auch.
Samantha

Mehr gibt es nicht zu sagen. Ich klebe den Brief zu und betrachte dann den hellblauen Brief von allen Seiten. Die krakelige Schrift kenne ich nicht. Also ist er bestimmt nicht von einem aus meiner Klasse. Vielleicht von Heike, rast es mir durch den Kopf. Von ihr habe ich nichts mehr gehört seit ihrem komischen Auftritt neulich und ich bin inzwischen wirklich davon überzeugt, dass sie in ernsthaften Schwierigkeiten steckt.

Ich reiße den Brief auf und merke sehr schnell, dass er wahrscheinlich gar nicht von Heike sein kann.

Samantha kommt ins Wohnzimmer, lässt sich seufzend auf das Sofa fallen, greift nach der Fernbedienung und zappt durch alle Programme.

SAMANTHA (stöhnt): Puh! Ist mir langweilig.

Sie gähnt und rekelt sich. Plötzlich klingelt es. Sie steht auf und öffnet die Tür. Draußen steht ein Junge in einem komischen blauen Anzug und hält ihr einen Brief entgegen.

SAMANTHA: Willst du nicht hereinkommen?

Der Junge nickt und betritt das Wohnzimmer. Samantha legt den Brief unbeachtet auf einen kleinen Schrank.

SAMANTHA: Leider gibt es nichts Besonderes im Fernsehen.

Der Junge zuckt die Schultern.

JUNGE: Vielleicht solltest du einfach den Brief lesen.

SAMANTHA: Ist der etwa von dir?

Der Junge senkt verlegen den Kopf und lächelt. Samantha geht zum Schrank, nimmt den Brief und reißt ihn auf.

SAMANTHA (liest laut): »Liebe Samantha, seit unserer zweiten Begegnung gehst du mir nicht mehr aus dem Kopf. Ich glaube, ich habe mich in dich verliebt. Der blaue Unbekannte.«

Mit zitternden Fingern und glühenden Ohren lasse ich den Brief auf meinen Schoß sinken, um ihn gleich danach noch drei- oder viermal zu lesen. Dann springe ich mit einem Jubelschrei von meiner Matratze hoch, hüpfe wie ein Stabhochspringer in meinem Schlauch herum und wundere mich, dass ich nicht vor lauter Glück wie eine Seifenblase einfach unter der Zimmerdecke hängen bleibe.

Frantek liebt mich auch!

Mama ist schwer enttäuscht. Die Ausstellungseröffnung gestern Abend war wohl der pure Stress. Die Leute sind in Rudeln und Heerscharen gekommen, haben den Sekt in sich hineingeschüttet, alles ratzekahl aufgefressen und mehr oder weniger leise abfällige Bemerkungen über Mamas Kunstwerke gemacht. Was ich irgendwie verstehen kann. Nur würde ich das niemals sagen, weil ich weiß, wie weh ihr das täte. Jetzt haben es andere gemacht. Und das ist umso besser.

»Na, warten wir's ab«, schimpft meine Mutter kampflustig. »Die werden sich noch die Finger nach meinen Bildern lecken.« Dann sinkt sie wieder in sich zusammen und schlürft ihren Milchkaffee.

»Aber, was fast noch schlimmer ist . . .«, sagt sie dann, ohne eine von uns dabei anzusehen. »Dass ich danach auch noch euren Vater getroffen und mich ziemlich über ihn aufgeregt habe.«

»Wieso das denn?«, ruft Gina.

Nadine hat schon wieder die Tränen in den Augen stehen.

»Mama, du bist wirklich gemein«, sage ich scharf und lege einen Arm um unsere Kleine.

Mama hebt entschuldigend die Arme über ihren Kopf.

»Euer Vater ist natürlich völlig in Ordnung . . .«

Wir starren sie erstaunt an. Und sie blickt hilflos in die Runde.

»Äh, damit meine ich, dass unser Streit mit euch natürlich nichts zu tun hat. Und dass euer Vater ein durchaus liebenswerter Mensch ist, auch wenn wir zwei uns nicht mehr so gut verstehen. Aber gestern Abend da habe ich mich wirklich so über ihn geärgert wie schon lange nicht mehr.«

Aha.

»Was war denn los?«, fragt Gina.

»Wir waren nach der Vernissage noch in einer Kneipe. Im Cosmos oder so ähnlich.«

»›Bei Cosmo's‹«, korrigiere ich.

»Genau«, sagt Mama ungeduldig. Und dann stockt sie. »Wieso?«

»Wie wieso?«

»Du weißt es also längst.« Sie schüttelt traurig ihren Kopf. »Ihr wisst es natürlich alle schon lange.«

Gina nickt betreten.

Jetzt ist Mama noch aufgebrachter als eben. Sie springt auf, verschüttet ihren Milchkaffee und schreit: »Ach, herrje! Kann das bitte eine von euch wegmachen? Ausnahmsweise? Ich kann einfach nicht mehr.«

Sie rennt aus der Küche, kommt dann aber noch mal zurück.

»Dass er jetzt arbeitet, das begreife ich einfach nicht. Und dann auch noch so einen Hausarbeitsjob . . .«

»Mama«, sagt Gina.

»Und wie er darauf achtet, dass alles peinlich sauber ist . . .«

Sie schluchzt auf und verschwindet damit für fast drei Stunden in ihrem Zimmer.

Als ich aufwache, ist es noch dunkel. Ich zünde meine Kerze an, verbrenne mir dabei fast die Finger und linse zum Wecker hinüber. Drei Uhr. Du meine Güte und ich bin total munter! An meinem Bauch fühle ich einen dicken Knubbel. Ich hebe die Bettdecke hoch und entdecke Romeo und den giftgrünen Fransel. Ach ja, die hatte ich ja gestern Abend aus der Truhe geholt, weil ich zum Einschlafen jemanden brauchte, dem ich Franteks Brief vorlesen und von meinem großen Glück erzählen konnte.

Ich ziehe die beiden zu mir nach oben und schaue ihnen ernst in die Augen.

»Ihr könnt nicht mehr hierbleiben. Das seht ihr doch ein.«

Sie nicken betreten. Ich glaube, bei Romeo habe ich eine kleine Träne in einem seiner kleinen braunen Knopfaugen entdeckt. Na ja, er ist immer etwas zu kurz gekommen. Irgendwie habe ich stets Fransel bevorzugt. Aber Romeo hat mich trotzdem geliebt. Ich bin so gerührt, dass ich ebenfalls ein bisschen weinen muss.

Es wird ein sehr trauriger Abschied, als ich meine ehemals besten Freunde in einem Karton verschnüre und meinen Absender darauf schreibe. Die Anschrift irgendeines SOS-KINDERDORFES werde ich in den nächsten Tagen schon noch herausbekommen.

Ich schiebe den Karton unten in meinen Kleiderschrank und krieche wieder ins Bett zurück. Mit etwas verbogenem Nacken schiele ich zum Fenster in den sternenklaren Himmel hinaus, damit mir noch ein wenig romantischer zumute wird. Frantek, morgen wirst auch du endlich wissen, dass ich dich genauso liebe wie du mich. Dieser Gedanke hält mich noch eine Ewigkeit wach.

»Pille!!«

Ich reiße mühsam meine Lider auseinander und erblicke meine Schwester Gina in der Zimmertür.

»Da ist schon wieder so ein Einschreiben für dich.«

Mist!

Ich springe auf und im selben Augenblick ist mir klar, dass ich so zerknautscht und im Nachthemd nicht noch einmal unter seine Augen treten kann.

»Kannst du es nicht für mich annehmen?«

Gina grinst.

»Ist dir wohl peinlich so, wie?« Sie scheint zu überlegen. »Aber dann darf ich die Yucca behalten.«

Ziege!

»Okay, aber nur, wenn du ihm noch diesen Brief mitgibst.«

Sie runzelt ihre Stirn.

»Was hältst du von dem üblichen Weg über die Post?«

Ich halte ihr den Brief entgegen und gucke flehend.

»Bitte!«

»Da steht ja überhaupt nichts drauf.«

»Ist schon in Ordnung so.«

Sie kneift ihre Augen zusammen. Dann atmet sie einmal tief durch und entspannt sich wieder.

»Na, also gut. Aber die Yucca ist dann ab sofort mein Eigentum.«

Ich nicke. Schon klar.

Also noch ein Abschied.

Ich lasse mich auf meine Matratze zurückfallen und seufze. Aber dafür wird spätestens morgen mein Glück endgültig perfekt sein. Vielleicht reißt Frantek den Brief gleich auf und steht bereits in ein paar Minuten wieder vor unserer Tür . . . Na, hoffentlich nicht.

Mein Herz fängt wie verrückt an zu rasen und ich presse eine Hand auf meinen Brustkorb, damit es nicht davonfliegt.

Ich versuche, mich wieder zu beruhigen. Wahrscheinlich öffnet er den Brief frühestens in seiner Mittagspause. Oder besser noch, erst nach Feierabend.

Trotzdem sollte ich jetzt aufstehen und mich fertig machen. Danach werde ich einfach ein wenig in die Stadt gehen. Könnte doch sein, dass ich ihn ganz zufällig treffe. Vielleicht schließt er mich dann direkt in seine Arme und wir essen ein Eis zusammen.

Und wenn ich mich nicht traue, ihm vor die Nase zu treten, dann könnte ich doch zumindest schon mal auskundschaften, ob sich mein Geständnis in seinem Gesicht schon irgendwie bemerkbar macht.

An der Ecke des Supermarkts knalle ich fast mit Babsi zusammen.

»Hi!«, ruft sie. »Du hast es aber eilig.«

»Ich muss noch was besorgen«, lüge ich. Denn das muss ich eigentlich nicht mehr. Seitdem Mamas Fiasko-Ausstellung läuft, rührt sie keinen Pinsel mehr an.

Nun bringt sie die Wohnung wieder allein auf Vordermann. Nur ihr Zimmer sieht immer noch aus wie eine Malerwerkstatt.

»Aha.« Babsi lächelt. »Sag mal, hast du Heike in der letzten Zeit gesehen?«

»Nö, ich denke, du siehst sie andauernd.«

»Quatsch.«

Mir fällt auf, dass sie ihren Glitzerstein nicht mehr trägt. Als ich sie danach frage, erklärt sie mir, die Stelle habe sich ständig entzündet. Wahrscheinlich sei sie allergisch, gegen Nickel oder so was.

Ich nicke und schaue an ihr vorbei. Fünfzig Meter weiter entdecke ich Frantek, der gerade von seinem Fahrrad steigt. Er sieht so aus wie immer.

»Was ist denn?«, fragt Babsi.

»Och.« Ich räuspere mich. »Ich dachte, ich hätte jemanden gesehen.«

»Wohl Felix, was?«

»Felix? Wer ist das denn?«

»Na, mit dem hat man dich doch in der letzten Zeit öfter mal gesehen!«

»Felix?«

Auf einmal dämmert's mir. Das muss dieser Bindfaden-Astronaut sein.

»Quatsch«, sage ich.

»Der ist ein bisschen verrückt, weißt du«, erklärt sie mir. »Aber das hast du wahrscheinlich selber schon gemerkt.«

Sie guckt mich dabei an, als hielte sie mich für ihre allerbeste Freundin.

»Ich hab mit dem nichts zu tun«, sage ich bestimmt. »Ich habe ein paar Mal mit ihm geredet. Nur so. Zufällig. Aber jetzt glaub bloß nicht, dass da mehr ist.«

Babsi grinst.

»Mir wär's ja auch peinlich«, sagt sie verständnisvoll.

Allmählich finde ich unser Gespräch ziemlich blöd. Und für so bescheuert, wie alle tun, halte ich ihn auch gar nicht. Vielleicht ist er wirklich verrückt, aber wenigstens ist er nicht langweilig. So wie Babsi zum Beispiel. Die langweilt mich nämlich noch mehr als ein farbloser Wackelpudding. Außerdem möchte ich jetzt viel lieber Frantek hinterher. Aber ohne dass Babsi mir gleichzeitig hinterherspioniert.

»Jetzt muss ich wirklich los«, sage ich.

»Schon gut«, mault sie. »Schließlich will ich nicht, dass ihr meinetwegen heute Mittag verhungert.«

Blöde Kuh, denke ich und lächle schwach. Babsi verabschiedet sich aufwendig und verzieht sich dann endlich.

Zur Tarnung gehe ich einmal schnurstracks durch den Laden, aber als ich mich an der Kasse vorbeischmuggeln will, wird die Kassiererin misstrauisch und lässt mich alle Taschen ausräumen.

Als ich endlich wieder draußen bin, ist von Frantek weit und breit nichts mehr zu sehen.

Dafür entdecke ich Felix. Ich drehe ich mich sofort herum, aber leider hat er mich schon gesehen.

»Hallo!«, ruft er. »Warte mal. Ich will dir was zeigen.«

Sein Zimmer sieht aus wie ein Warenlager für Dinge, die kein Mensch braucht. Nur ein winziges Stück vom Teppichboden, der Stuhl und der größte Teil des Bettes sind einigermaßen frei zugänglich.

»Du hast wohl eine Schwäche für Sperrmüll«, stelle ich fest.

»Die Leute schmeißen viel zu viel weg.«

»Wenn sie's nicht mehr brauchen? Oder lieber was Neues hätten?«

»Dann kaufen sie eben zu viel.« Er zeigt auf den Stuhl. »Setz dich doch.«

Ich mache einen großen Schritt über ein paar alte Lampenschirme und lasse mich dann auf einen Stuhl fallen.

»Was willst du denn zum Beispiel mit denen?«, frage ich und zeige auf die Lampenschirme.

»Also erst einmal beziehe ich die alle neu, nach meinem eigenen Geschmack. Und dann will ich daraus ein Beleuchtungssystem für mein Zimmer entwickeln.«

»Ist es nicht leichter, einfach ein paar Lampen zu kaufen und dort hinzustellen, wo man sie haben will?«

Felix winkt ab.

»Nee, also wie schon gesagt. Erstens gefallen mir die alle nicht. Und zweitens möchte ich sie so zusammenschließen, dass ich sie sowohl gemeinsam als auch einzeln oder in Zweiergruppen schalten kann.«

Ich bin skeptisch.

»So was kannst du?!«

»Warum nicht?«

Ganz einfach, weil es, wenn es so leicht und sinnvoll wäre, bestimmt schon längst jemand erfunden hätte. Außerdem finde ich, dass dieses Zimmer aussieht wie eine Rumpelkammer und eine schöne Beleuchtung damit vollkommen überflüssig ist. Felix scheint meine Gedanken erraten zu haben.

»Ich bekomme demnächst einen neuen Schrank. Extra für meine Fundstücke. Der soll dann dort unter mein Hochbett.«

Hochbett?

»Aber du schläfst doch wohl da.« Ich zeige auf das ganz normale Bett in der Ecke.

»Noch, ja.« Er fuchtelt aufgeregt herum. »Aber bald penne ich da oben. Und das ist auch das, was ich dir eigentlich zeigen wollte. Du hast mich nämlich erst auf die Idee gebracht.«

Tatsächlich? Fast bin ich stolz auf mich.

Ich stehe auf und klettere nach ihm die schmale Leiter

nach oben auf die auf ungefähr in drei viertel Raumhöhe eingebaute Holzdecke, deren Fläche mindestens für zweieinhalb Betten ausreicht.

»Hast du das selbst gemacht?«

»Mein Vater hat mir dabei geholfen.«

»Der ist wohl genauso verrückt wie du?!«

Er grinst. »Nein, der ist Gerüstbauer. Handwerklich unheimlich geschickt.«

Na dann.

»Und wieso habe ich dich auf die Idee gebracht?«

»Wegen der Marionetten.«

»Marionetten?«

Ach so, ja klar, die Sache mit den Bindfäden!

»Du hast doch damals vorgeschlagen, dass ein Mensch mit einem Propeller die Fäden halten sollte«, erklärt er mir.

»Ja, aber das war doch nur ein Scherz.«

»Natürlich war das nur ein Scherz, aber trotzdem bin ich dadurch auf diese Idee gekommen.«

Und jetzt sehe ich auch die jeweils ungefähr einen halben Meter langen Ritzen, die er kreuz und quer in die Holzdecke gesägt hat.

»Von hier aus kann ich sie steuern. Ich kann die Länge der Fäden festlegen und an den Puppen und an mir selber die Bewegungsabläufe studieren. Siehst du, da vorne im Spiegel.«

Das Ganze kommt mir ziemlich kompliziert vor.

»Vor meine neue Schrankwand kann ich immer wieder

eine neue Kulisse stellen und so habe ich mein eigenes Marionettentheater.«

»Nimmst du auch Eintritt?«, frage ich.

Er schaut mich ernst an.

»Du machst dich über mich lustig.«

Das kann ich leider nicht abstreiten. Andererseits tut es mir leid, dass er merkt, dass ich ihn wie alle anderen für einen Spinner halte.

»Du wirst schon noch sehen!«

Das klingt fast wie eine Drohung. Doch die überhöre ich und helfe ihm, die Fäden an eine seiner Marionetten anzubringen. Am Ende ist er wieder zufrieden und scheint vergessen zu haben, was ich eigentlich von ihm halte.

»Wir sind doch ein gutes Team, nicht?«, stellt er beim Abschied fest.

Die ganze Zeit habe ich keine einzige Sekunde an Frantek gedacht.

Unglückseligerweise steht Gina mal wieder am Herd und rührt in einem Topf herum. Und zwar freiwillig! Nadine sitzt mit Mama am Tisch und stellt ihr lauter schlaue Fragen. Was Philosophie ist und was Alchimie. Und wie schwarze Löcher entstehen, ob Mama ihr die Relativitätstheorie vielleicht etwas genauer erklären könnte, denn sie hätte das mit den Teilchen und Wellen nicht so richtig verstanden. Und das mit den Quanten übrigens auch nicht.

»Mach dich doch nicht verrückt«, sagt Gina. »Das lernst du alles später noch auf dem Gymnasium.«

»Ich will es aber jetzt wissen.«

»War das dein Vater?«, fragt Mama mit hochgezogenen Augenbrauen.

»Was?«

»Na, der dir diese Flöhe in den Kopf gesetzt hat.«

»Papa?«, rufe ich lachend. »Der interessiert sich doch gar nicht für Physik.«

»Ich meine ja nur«, widerspricht Mama. »Es könnte doch sein, dass er sie mit ein paar Stichwörtern gefüttert hat.«

»Was sind denn Stichwörter?«, fragt Nadine.

»Nur um dir eins auszuwischen?«, fragt Gina. »Papa?«

Nadine zupft Mama ungeduldig am Ärmel.

»Ich finde es richtig blöd von dir, dass du so was von ihm denkst«, sage ich wütend und gehe hinüber zu Gina, um das Abendessen im Topf in Augenschein zu nehmen. Na ja, sieht aus wie Bohnensuppe.

Mama seufzt.

»Wahrscheinlich habt ihr recht. Ich glaube, ich bin in letzter Zeit ein wenig durcheinander.« Sie fährt sich mit beiden Händen durch die Haare und legt dann die Stirn auf die Handflächen.

»Mama, was sind Stichwörter?« Nadine gibt natürlich keine Ruhe.

»Schlagwörter«, sagt Mama gequält.

»Und was ist das?«

»Na, Stichwörter«, grinst Gina. Mama sieht die beiden nacheinander an und schüttelt genervt ihren Kopf.

Es bleibt also wieder mal an mir hängen.

»Wenn du zum Beispiel in die Bücherei gehst und dir ein Buch ausleihen willst und du kennst weder Autor noch Titel . . .«

Nadine zieht ihre Stirn kraus.

»Also, du weißt nicht, wer es geschrieben hat, und auch nicht, wie es heißt, aber du weißt, wovon es handelt, zum Beispiel . . .«

»Quanten!«, ruft Nadine mit leuchtenden Augen.

»Genau, dann ist das dein Stichwort. Oder Schlagwort, unter dem du im Register nachschauen kannst.«

»Register?«

»Verzeichnis«, sagt Gina.

»Was ist denn ein Verzeichnis?«

»Na, die großen Holzschränke, die da rumstehen mit den vielen Schubladen«, erkläre ich ihr.

»Ach so, Autorenregister meinst du!«, ruft Nadine. »Das hättest du ja auch gleich sagen können.«

Mama schüttelt noch mal den Kopf. Und ich frage mich, ob meine kleine Schwester das wirklich nicht zusammengebracht hat oder ob sie uns die ganze Zeit über veräppeln wollte.

An diesem Morgen klingelt es nicht. Nicht um neun. Nicht um zehn. Nicht um elf. Erst um halb zwölf.

Aber dann ist es nicht Frantek, sondern eine kleine Frau, die vollkommen aufgelöst vor unserer Wohnungstür steht.

»Guten Tag, Sammy«, sagt sie. »So heißt du doch?« Sie schaut ziemlich unsicher aus. Irgendwie kommt sie mir bekannt vor. Und wenn sie meinen Namen kennt . . . Das heißt, ich nenne mich doch eigentlich überhaupt nie Sammy. Die Einzige, die das jemals getan hat, ist . . .

»Hast du zufällig meine Heike gesehen?«

Na, klar! Es ist Frau Melchitz, Heikes Mutter. Aber die liegt doch mit gebrochenen Rippen im Krankenhaus.

»Wann?«, frage ich.

»Gestern oder vorgestern.«

»Nein.« Das ist nicht mal gelogen, denn es ist bestimmt schon etwas länger her, als sie hier bei mir gewesen ist.

Ich habe das Gefühl, Frau Melchitz ist den Tränen nahe.

»Sie ist seit drei Tagen verschwunden.« Sie kramt ein Taschentuch aus ihrer Handtasche und putzt sich die Nase, lehnt sich gegen den Türrahmen und fängt nun wirklich an zu weinen. »Wenn ihr etwas zugestoßen ist, ich glaube . . .«

»Sie ist hier gewesen«, sage ich leise und würde mich vor lauter schlechtem Gewissen am liebsten in eine geruchlose, gasförmige Substanz auflösen. »Vor ein paar Tagen. Sie wollte hier wohnen, weil Sie . . .«

Heikes kleine Mutter starrt mich mit Riesenaugen an.

»Kannst du dich nicht ein bisschen genauer erinnern?«

»Das muss ungefähr am gleichen Tag gewesen sein, an dem Sie den Unfall hatten und ins Krankenhaus gekommen sind.«

»Unfall? Hat Heike das erzählt?« Sie schüttelt zaghaft ihren Kopf. »Ich bin nicht im Krankenhaus gewesen.«

Na, da hat mich mein Gefühl tatsächlich nicht getäuscht. Heikes Mutter lächelt müde.

»Es tut mir sehr leid, dass ich das ihrer besten Freundin sagen muss, aber Heike schwindelt manchmal ein bisschen.«

Ich soll ihre beste Freundin sein?!

»Ich bin gar nicht Heikes Freundin«, sage ich.

Die kleine Frau senkt ihren Kopf und glotzt auf unsere Fußmatte.

»Sie lügt. Sie lügt ständig. Ich weiß nicht einmal, ob sie überhaupt schon einmal die Wahrheit gesagt hat.«

»Aber als Baby, als kleines Kind. Da war sie doch ehrlich, oder?«

Sie schaut mich ganz traurig an.

»Das hat sie dir wohl auch nicht erzählt. Als kleines Kind habe ich sie leider noch gar nicht gekannt.«

Wenn ich das alles nur eher gewusst hätte!

Fast eine halbe Stunde habe ich noch mit Frau Melchitz in unserer Küche zusammengesessen und ihr zugehört, was sie über Heike zu erzählen hatte. Inzwischen liege ich auf meinem Bett und versuche, das erst einmal alles richtig zu kapieren.

Heike hat den größten Teil ihres Lebens in einem Heim

verbracht. Ihre Mutter hat sie nicht gewollt, und wer ihr Vater ist, hat man nie herausgefunden. Als sie acht Jahre alt war, ist sie zu den Melchitz in Pflege gekommen und ungefähr ein Jahr darauf von ihnen adoptiert worden. Kurze Zeit später ist Herr Melchitz bei einem Unfall ums Leben gekommen. Heike ist damals ziemlich fertig gewesen, weil sie ihn sehr gern gehabt hat.

Leider ist es nach dem Tod von Herrn Melchitz geldmäßig ziemlich bergab gegangen. Denn die Witwenrente, die Heikes Mutter von da an erhalten hat, reicht für die beiden kaum aus. Und einen Job hat Frau Melchitz bisher auch nicht gefunden. Außerdem taucht immer mal wieder eine Frau vom Jugendamt auf, um sich zu erkundigen, wie es ihnen geht. Und auch, um ihnen dabei zu helfen, die ganzen Zuschüsse und Ermäßigungen, die ihnen zustehen, zu beantragen.

Heike hat sich dann immer verkrochen, ist ab und zu auch schon mal eine Nacht weggeblieben, weil sie ständig Angst gehabt hat, dass man sie wieder ins Heim zurückstecken könnte. Aber das ist natürlich Quatsch, hat mir Frau Melchitz gesagt. Adoptiert ist adoptiert. Da gelten die gleichen Rechte wie bei einem leiblichen Kind. Das kann einem schließlich auch keiner wegnehmen, nur weil man wenig Geld hat. Aber gegen Heikes Angst habe sie eben nichts machen können, hat Frau Melchitz gesagt. Heike habe einfach kein Vertrauen zu ihr.

Ich seufze und starre an die Decke. Das ist eben so eine Sache mit dem Vertrauen. Was soll ich denn zum Beispiel von Heikes Lügengeschichten halten, die teilweise so gruselig sind, dass mir die Haare auf den Zehen zu Berge stehen? Da ist es doch klar, dass ich ihr kein bisschen traue. Und ihrer Mutter, die bestimmt hundertprozentig ehrlich ist, glaubt Heike nun wieder keine Silbe.

Ich strecke mich ganz lang aus und versuche, mir vorzustellen, wie es sein könnte, in einem Heim aufzuwachsen. Ziemlich blöd wahrscheinlich. Andererseits hat dort aber sicher niemand großartige Ansprüche an dich. Du kannst einfach sein, wie du bist, weil es keinen gibt, der sich für dich schämt. Mit meinen Eltern ist das zwar nicht so, aber ich weiß, anderswo passiert das häufig. Juliane aus meiner Klasse zum Beispiel, die darf noch lange nicht anziehen, was ihr gefällt. Jeans mit Löchern oder mal mit einem Fleck auf dem Sweatshirt herumlaufen, das ist nicht drin bei ihr. Und wenn mal eine Klassenarbeit schlechter als drei ausfällt, dann kriegt sie gleich Nachhilfe.

In einem Heim interessiert so was bestimmt niemanden. Trotzdem hast du ständig Leute um dich herum und findest leicht ein paar Freunde. Stelle ich mir jedenfalls so vor.

Es könnte aber auch alles ganz anders sein. Sonst würde man ja nicht dauernd lesen oder hören, dass sie scharenweise wegrennen aus den Heimen.

Heike ist bisher immer nur eine Nacht weg gewesen, hat ihre Mutter gesagt. Von ihrem Zuhause, das kein richtiges Zuhause ist und das sie mir gegenüber einfach Babsi untergeschoben hat. Dieses Mal sind es schon drei Tage.

Und Frau Melchitz traut sich nicht mal die Polizei einzuschalten, weil sie befürchtet, dass Heikes Verschwinden vielleicht doch ein Grund sein könnte, sie ihr wieder wegzunehmen. Aber ich kann mir nicht vorstellen, dass Heike einfach so weggelaufen ist, die kleine Frau Melchitz ist doch total lieb. Nein, ich glaube eher, dass sie irgendetwas Blödes angestellt hat. Oder ihr ist wirklich etwas zugestoßen.

8

Ich sitze in Cosmo's Kneipe und starre in meine Cola. Frantek ist seit Tagen nicht mehr zu uns hochgekommen. Und er hat mir auch nicht wieder geschrieben. Allmählich bezweifle ich, dass der Liebesbrief überhaupt von ihm stammt.

Aber von wem ist er dann?

Papa habe ich nur erzählt, dass ich unglücklich verliebt bin, natürlich ohne zu verraten, in wen. Doch er hat nur lächelnd den Arm um mich gelegt und gemeint, ich sei ja noch so jung.

»Zum Verliebtsein?«

»Nein, das nicht«, hat er erwidert und mich von oben bis unten durchgemustert. »Na ja, vielleicht doch.«

Blödmann, habe ich gedacht und mir ist endgültig klar gewesen, dass Eltern einfach nicht die richtigen Gesprächspartner für dieses Thema sind. Es ist auch wirklich zu blöd, dass ich keine Freundin habe, mit der ich das alles mal so richtig durchquatschen könnte. So wie andere Mädchen das machen.

Überhaupt ist mein Vater im Moment viel zu gut gelaunt, um jemanden bemitleiden zu können. Er hat nämlich endlich einen Verleger gefunden. Die Geschichte von der Frau auf dem Gemälde soll in zwei Jahren erscheinen.

»Weiß Mama das eigentlich schon?«, frage ich ihn, als er gerade mit einem Tablett voller Gläser, das er auf einer Hand hoch über seinem Kopf balanciert, an mir vorbeitänzelt.

Er blinzelt mir einfach nur zu und ich habe keine Ahnung, was das nun für eine Antwort sein soll.

»Jedenfalls bist du bald reich und berühmt und musst dann nicht mehr in dieser Kneipe arbeiten«, sage ich.

Er lacht.

»Ach, weißt du, Samantha, ich mache das inzwischen richtig gern.«

»Sag mal, Papa?« Ich zögere, denn ich traue mich nicht so recht, diese Frage zu stellen. Einmal weil ich Angst habe wieder keine richtige Antwort zu bekommen, andererseits weil sich ja doch mein Verdacht bestätigen könnte.

»Ja?« Er beugt sich zu mir herüber und lehnt seine Stirn gegen meine.

»Hast du . . .? Ich meine, es könnte ja immerhin sein, dass . . .«

»Nun sag schon, ich werde schon nicht böse. Versprochen.«

Jetzt muss ich lachen.

»Okay. Ich wollte dich fragen, ob du vielleicht eine Freundin hast.«

Wie ein Flummi saust sein Kopf von meinem weg. Er spült mindestens zwanzig Gläser, obwohl die alle sauber aussehen, und räumt ein paar Flaschen im Regal hin und her. Dann wischt er seine Hände an dem Geschirrtuch ab, von dem er sich einen Zipfel in den Hosenbund gesteckt hat, und schaut mich ernst an.

»Samantha, ich liebe deine Mutter.«

Ich nicke. Stimmt, schließlich wollte er nie, dass wir wegziehen.

»Ich war nicht derjenige, der euch verlassen hat.«

»Das war Mama, schon klar.«

Ich nippe an meiner Cola und er klopft beinahe geräuschlos, aber ein bisschen hektisch seine Handflächen aneinander.

»Willst du mir unbedingt meine gute Stimmung verderben? Nur weil ich deinen Liebeskummer nicht ernst genug nehme?«

»Das tust du ja auch nicht, oder?«

Er schweigt und schreibt ein paar Getränke auf einen Zettel, die eine Frau gerade für eine ganze Clique bestellt.

»Und was ist mit Mama?«, fragt er, als die Frau wieder weg ist. »Hat sie sich etwa schon neu verliebt?«

»In wen denn?«

»Na, was weiß ich, vielleicht in den Briefträger.«

Das soll ein Scherz sein, das weiß ich genau, aber ich sage: »Getroffen und versenkt.«

»Was . . .? Also doch! Sie hätte eben nicht mit diesem . . . na ja, mit ihm ausgehen dürfen.«

Ich glaube, er würde mir am liebsten ins Gesicht springen, obwohl ich ja gar nichts dafür kann. Und mir wird zuerst heiß und dann eiskalt, als ich darüber nachdenke.

»Du willst dich wirklich nur rächen, nicht?«, fragt Papa.

»Nee, wirklich nicht. Aber wir wissen es noch nicht genau«, stottere ich und rase wie ein Pfeil aus Cosmo's Kneipe.

Nadine hat alle ihre Kleider in einen riesigen Müllsack gestopft, um sie an Britta zu verschenken.

»Seit wann trägt die denn so was?«, fragt Gina spöttisch.

»Seitdem ich Hosen trage.«

»Bist du denn auch wirklich ganz sicher, dass du sie nicht mehr willst?«, fragt Mama.

Doch für Nadine scheint das überhaupt kein Problem zu sein.

»Britta gibt mir dann bestimmt welche zurück.«

Mama zieht ihre Nase kraus. Ich glaube, sie würde das Ganze am liebsten verhindern, aber sie hat mit Sicherheit nicht den Hauch einer Ahnung, wie sie das anstellen soll.

»Ich kriege ja auch ihre Hosen dafür.«

»Logisch«, sagt Gina und Mama seufzt.

»Ihr macht ja doch, was ihr wollt.«

»Und du?«, fragt Gina.

»Ich bin ja auch erstens eure Mutter und zweitens schon lange volljährig.«

»Was noch lange nicht heißt, dass du einfach bestimmen kannst, wo und wie wir wohnen. Und du hast auch nicht darüber zu bestimmen, was wir mit unseren eigenen Sachen machen«, brüllt Gina.

»Die fast ausnahmslos alle ich bezahlt habe«, schreit Mama.

»Das ist ja beinahe so, als wäre Papa wieder da«, sage ich.

Mama ist gleich wieder still und kriegt sogar eine zartrosa Gesichtsfarbe. Gina verschwindet schnaufend in ihrer Luxussuite und Nadine versucht stöhnend, sich den riesigen Sack über die Schulter zu werfen.

»Papa kann gar nicht wieder da sein«, ächzt sie. »Papa ist ja schließlich nie weggegangen.«

»Seitdem du dich mit hochwissenschaftlichen Dingen beschäftigst, bist du umwerfend logisch«, sagt Mama wütend. »Und übrigens, was ich euch noch sagen wollte: Ich habe heute Abend eine Verabredung.«

Aha! Doch wohl hoffentlich nicht mit Frantek.

»Weiß Gina das schon?«, frage ich.

»Du kannst es ihr ja sagen.«

Das werde ich, worauf du dich verlassen kannst. Sofort bewege ich mich in die Richtung von Ginas Gemächern.

»Soll Nadine jetzt etwa alleine mit dem Sack durch die halbe Stadt?«, ruft Mama aus dem Badezimmer.

»Wenn du dich beeilst, holst du sie bestimmt noch ein«, sage ich, während mir gleichzeitig klar ist, dass das vielleicht eine Spur zu frech gewesen ist. Meine Mutter taucht im Türrahmen auf und starrt mich wortlos an. Dann lächelt sie plötzlich.

»Du hast völlig recht, Samantha. Du kannst ja nicht auf immer und ewig für alles zuständig sein.«

Sie rafft ihre dunklen Haare mit einem dicken Gummiband zusammen und schlüpft in ihre Slipper.

»Mama, sie kann das alleine. Bestimmt. Sie ist auch in den letzten Tagen vor den Ferien alleine zur Schule gefahren. Sie ist in der letzten Zeit sowieso viel selbstständiger geworden.«

»Stimmt. Sie hat auch keine Albträume mehr« sagt meine Mutter und schaut sich selbst dabei ganz nachdenklich im Spiegel an. Schließlich zieht sie ihre Schuhe langsam wieder aus, guckt mich an und nimmt mich plötzlich in den Arm, was sie schon unheimlich lange nicht mehr getan hat.

»Diese blöde Ausstellung, nicht? Ich habe die ganze Zeit nur an mich gedacht. Ich habe gar nicht mehr richtig mitgekriegt, was mit euch los ist.«

»Alles in Ordnung, Mama«, sage ich leise.

»Es tut mir leid. Wirklich.«

»Wir schleichen ihr nach«, bestimmt Gina. »Ich will jetzt endgültig wissen, ob sie was mit Frantek hat.«

Ich stehe in ihrem Zimmer, starre wieder einmal auf das Regal mit der blauen Glasflasche und bin mit ihrem Vorschlag natürlich einverstanden. Mich wundert nur, dass sie mir das nicht wieder einmal ganz alleine überlässt.

»Ich dachte, du wolltest alle Bücher verkaufen.«

»Ich wüsste nicht, was dich das angeht«, erwidert sie schnippisch.

»Natürlich nichts.«

Sie ist anscheinend so baff über meine Antwort, dass sie mir wohl aus Versehen trotzdem eine Erklärung gibt.

»Das ist gar nicht so einfach mit dem Verkauf. Die Buchhandlung nimmt sie natürlich nicht zurück. Und es interessiert sich auch sonst kaum ein Mensch dafür.«

Wen wundert's!

»Aber einige sind wirklich ganz interessant.«

»Du hast tatsächlich mal reingeguckt?«

Gina streckt mir ihre Zunge entgegen.

»Blöde Kuh.« Für einen kleinen Augenblick scheint sie rot zu werden. »Außerdem meint Frantek auch . . .«

»Frantek?«

»Ja, apropos!«, sagt sie. »Du kriegst ja überhaupt keine Liebesbriefe mehr.«

»Es hat sich eben anders ergeben.«

»Ich habe deine Schrift übrigens genau erkannt. Schon beim ersten Mal.«

Mein Herz bleibt stehen und Gina ist wieder die Alte.

»Wart doch einfach ab, bis du einen echten bekommst. Kann ja nicht mehr sooo lange dauern«, sagt sie gönnerhaft.

»Haha«, erwidere ich und fange mich allmählich wieder. »Ich weiß, du wartest nur noch auf die nächstbeste Gelegenheit, um es gegen mich zu verwenden.«

»Wofür hältst du mich eigentlich?«

Na, für die allerliebste, uneigennützigste Schwester der Welt.

»Außerdem«, empört sich Gina weiter. »Außerdem ist das doch der reine Selbstbetrug. Ich kann wirklich keinen Sinn darin erkennen, wenn man Briefe an sich selber schreibt ... Und dann noch per Einschreiben. Sodass sich der arme Postbote die ganzen Treppen hochquälen muss.« Sie stockt und starrt mich an.

Du lieber Himmel, jetzt muss mir aber ganz schnell etwas ziemlich Gutes einfallen.

»Wie hätte ich ihn denn sonst wegen Mama ausquetschen sollen? Ihm irgendwo auflauern? Meinst du, der hätte sich einfach mit mir unterhalten. Da hat er wohl was Besseres zu tun.«

Gina macht ihren Mund auf und kriegt ihn kaum noch zu.

»Ach so. Und ich dachte schon«, presst sie schließlich heraus. Doch so ganz scheinen ihre Zweifel noch nicht beseitigt zu sein. »Dieses Briefchen, das ich ihm geben sollte ... Das ist nicht zufällig ein Liebesbrief gewesen?«

»Du spinnst ja wohl! An unseren Briefträger!« Ich tippe mir heftig an die Stirn und mache so, glaube ich, einen ganz überzeugenden Eindruck.

»Ich hätte ihm den nämlich fast nicht gegeben.«

Das hätte zu ihr gepasst. Aber eigentlich hätte sie dazu ja nicht den winzigsten Grund gehabt. Also wieso? Ich mustere sie und mir fällt auf, dass sie irgendwie erleichtert zu sein scheint.

»Haben übrigens 'ne Menge Geld gekostet die ganzen Einschreiben«, sage ich dann, damit Gina aufhört, über meine Liebesbriefe nachzudenken.

»Es war nicht meine Idee«, erwidert sie sofort.

»Was hab ich denn gesagt?«

»Okay, du kriegst nachher 'n Zehner von mir.«

Ich wundere mich über mich selbst. Und über meine Schwester ebenso. Im gleichen Augenblick frage ich mich aber auch, ob es in Ordnung ist, wenn ich mir die Briefe einfach so mitfinanzieren lasse. Das ist doch eigentlich eine typische Gina-Masche. Na ja, ich könnte ihr ja das nächste Mal ein etwas größeres Geburtstagsgeschenk machen. Oder soll ich mein aufkeimendes schlechtes Gewissen zur Abwechslung einfach in die Müllverbrennungsanlage meines Unterbewusstseins verbannen? Immerhin habe ich nicht direkt gelogen und Frantek tatsächlich so über Mama ausgequetscht. Und das war es doch, was Gina von mir wollte. Im Interesse von uns allen. Oder hatte sie dazu vielleicht noch einen ganz eigenen persönlichen Grund? Das würde doch viel besser zu ihr passen.

Ich seufze. Warum sich Frantek nur nicht meldet? Vielleicht ist der Liebesbrief ja wirklich nicht von ihm gewesen. Was wird er dann jetzt nur von mir denken? Das Beste wäre, wenn ich ihm nie wieder unter die Augen käme. Was aber, wenn Mama tatsächlich in ihn verliebt ist und er vielleicht noch bei uns mit einzieht? Diese Peinlichkeit darf ich mir gar nicht erst ausmalen.

»Übrigens«, höre ich Gina sagen. »Wo wir vorhin über

Bücher geredet haben . . . die beiden, die ich dir schenken wollte . . .«

»Ja?«

». . . und die ich dann in Mamas Regal gestellt habe . . .«

»Eins wolltest du mir davon schenken«, korrigiere ich Gina.

»Jaja.« Meine Schwester rudert ungeduldig mit ihren langen Armen. »Jetzt sind sie jedenfalls verschwunden.«

Zum Glück konnten wir Nadine dazu überreden, bei Britta zu schlafen. Vor einer guten halben Stunde hat Brittas Mutter sie hier abgeholt. Seitdem befindet sich Mama im Badezimmer, was uns das Allerschlimmste befürchten lässt.

Als sie endlich wieder herauskommt, ist sie viel weniger gestylt, als wir erwartet haben, duftet allerdings wie eines dieser ekelhaft süßen getrockneten Blumenpotpourris. Brrr!

»Mit wem triffst du dich eigentlich?«, fragt Gina extra unauffällig.

Doch Mama lächelt nur.

»Etwa schon wieder mit unserem netten Briefträger?«

»Wieso? Hast du denn wieder mal etwas Größeres bestellt?«

»Als wenn das der einzige Grund ist, mit jemandem essen zu gehen«, erwidert Gina und lehnt sich mit blitzendem Blick und verschränkten Armen in ihren Türrahmen. »Hast du denn überhaupt schon Pilles Falschmeldung über unser Briefkastenschloss bei ihm eingelöst?«

»Nein.« Mamas Miene verfinstert sich. »Außerdem könnte auch ich manchmal vor lauter Neugierde explodieren, wenn ich darüber nachdenke, was ihr drei immer so anstellt. Also wartet es einfach mal ab.«

Dann ist sie weg. Und wir sind natürlich keinesfalls bereit, uns dezent zurückzuhalten.

Wir werfen uns unsere Jacken über, schlüpfen rasch in schnürlose Treter und schleichen ihr durchs Treppenhaus hinterher. Unten wartet schon das Taxi, das Gina für diese Zeit bestellt hat. Wir versichern uns, dass Mama in ihren roten Escort einsteigt, zwängen uns durch die netterweise bereits geöffnete Autotür und geben dem Fahrer unsere Anweisung: »Bitte folgen Sie dem roten Wagen da vorne.«

Wir fahren durch die halbe Stadt, rätseln die ganze Zeit über, wo Mama uns wohl hinführen wird, und landen schlussendlich vor Cosmo's Kneipe. Mama parkt im Halteverbot und der Taxifahrer fragt, wie es jetzt weitergeht.

»Keine Ahnung«, sage ich.

Und Gina: »Die will sich an Papa rächen, wetten?!«

»Meinst du, sie hat Frantek hierhin bestellt? Um Papa was vorzuturteln?« Ich schüttle den Kopf. »Nee, so gemein ist sie nicht.«

»Du hast eben keine Ahnung, meine Süße«, klugscheißert Gina. »In Wahrheit lieben die sich doch noch. Und deshalb ist eben alles möglich«, erklärt sie mir.

»Du meinst, dass sie sich mit Absicht wehtun?«

Ich starre durch die Autoscheibe und versuche, in der Kneipe irgendetwas zu erkennen. Wenn tatsächlich gleich Frantek kommt und mit Mama herumflirtet, dann wünsche ich ihm glatt etwas Fieses an den Hals. Nicht nur wegen mir. Auch wegen Papa. Gina hat recht.

Der Fahrer dreht sich herum und schaut uns ungeduldig abwechselnd an.

»Kinder, was ist denn nun?«

»Einen Augenblick noch«, sagt Gina.

»Bist du überhaupt schon volljährig?«, fragt er sie.

»Ich bin sechzehn«, lügt Gina. »Und da werde ich ja wohl um halb acht abends noch ein bisschen rausdürfen.«

Er zuckt die Schultern und brummt irgendetwas Unverständliches. So genau scheint er es wohl auch nicht zu wissen.

»Außerdem ist die Frau aus dem roten Ford unsere Mutter«, erkläre ich ihm. Und meine Schwester bestätigt:

»Sie sehen also, wir stehen unter mütterlicher Aufsicht.«

»Nur dass die Dame da drin anscheinend gar nichts davon weiß.« Er deutet auf die Kneipe.

»Na und?«, sagt Gina. »Komm, Pille, wir steigen aus.«

»Ich hoffe, ihr habt genug Geld«, sagt der Taxifahrer.

Das hoffe ich auch.

»Machen Sie sich darüber keine Gedanken.« Meine Schwester zieht einen Fünfzigeuroschein aus ihrer Hosentasche.

»Woher hast du denn den?«

»Ach, ich helfe manchmal bei Derenbrocks im Lager aus«, erklärt Gina, als wäre es das Selbstverständlichste von der Welt. Dabei hat das unter Garantie nicht einmal Mama gewusst.

Im selben Augenblick erscheinen unsere Eltern in der Kneipentür und steuern auf Mamas Wagen zu.

»Ich schätze, die Reise ist doch noch nicht zu Ende«, grient unser Fahrer. »Ist das da etwa ihr Liebhaber?«

»Schön wär's«, murmle ich. Und der Taximann dreht den Zündschlüssel herum.

Mama ist so gut gelaunt wie schon lange nicht mehr. Es gibt Brötchen zum Frühstück und ein paar Blumen hat sie auch gleich mitgebracht, die sie zu einem wilden Strauß in einer etwas zu großen Vase zurechtdrapiert, während sie ununterbrochen vor sich hin summt: »Love is in the air . . .«

Gina grinst mich über ihren Joghurtbecher hinweg an.

»Scheint ja gestern ein netter Abend gewesen zu sein«, sagt sie zu Mama.

Die stellt die Blumen mitten auf den Tisch, schiebt noch eine Margarite ein Stückchen weiter nach links und nickt.

»Jaha.« Mama trinkt etwas Milchkaffee, schneidet sich ein Butterhörnchen auf und lächelt uns dabei an.

»Was ist? Bin ich so etwas wie ein Affe im Zoo, oder wie?«

»Erzähl doch mal«, sagt Gina.

»Ach so! Ihr wartet die ganze Zeit darauf, dass ich euch von meinem Rendezvous berichte.«

»Ja, genau, Mama«, bestätige ich. »Ich finde, wir haben ein Recht darauf zu erfahren, wenn für uns ein neuer Vater ansteht.«

»Bloß weil ich mal ausgehe, heißt das doch noch lange nicht, dass es da jemanden gibt . . .«

Mama hält meiner Schwester eine Brezel unter die Nase. »Wie wär's zur Abwechslung mal mit ein wenig Abwechslung?«

Gina zögert. Dann lächelt sie und greift zu.

»Na gut. Dir zuliebe, weil du heute so fröhlich bist.«

»Ich fänd's ja besser, du tätest es dir zuliebe.«

»Wieso? Joghurt ist doch extrem gesund.«

Mama beißt genüsslich in ihr Hörnchen und nickt.

»Sicher. Aber nur Joghurt ist auch extrem einseitig. Außerdem sind Twiggys Zeiten längst vorbei.«

Gina glotzt an sich herunter und streckt dann betont ihren Busen nach vorne heraus. Unsere Mutter honoriert das nur mit einem merkwürdigen Seitenblick.

»Und mit unechten Tatsachen *schlittert* man allerhöchstens ins Ziel. Wenn man es überhaupt erreicht.«

Meine Schwester wird granatapfelrot. Und ich wundere mich, dass Mama Ginas falschen Busen wohl schon lange durchschaut hat.

»Hat Minos sich nicht sehr gewundert, dass du sozusagen über Nacht das Kaliber einer Dolly Dollar angenommen hast?«

»Jetzt übertreib mal nicht«, erwidert ihr Gina wütend.

»Ich wollte dir nur bildhaft klarmachen, wie das da wirkt.« Mama zeigt mit der verbliebenen Spitze ihres Butterhörnchens auf Ginas Dekolletee.

»Vielen Dank«, faucht meine Schwester. »Dann möchte ich dir ebenso bildhaft klarmachen, wie lächerlich es wirkt, wenn du mit einem kleinen Jungen durch die Gegend ziehst.«

Meine Mutter zieht die Augenbrauen hoch.

»Welcher kleine Junge?«

Ich lehne mich in meinen Stuhl zurück und schaue gespannt von einer zur anderen.

»Wie alt ist Frantek eigentlich?«

»Das weiß ich nicht. Und das interessiert mich auch gar nicht. Ich habe ihn eingeladen, weil du ihn in seiner Eigenschaft als Zusteller postalischer Sendungen etwas überstrapaziert hast, und . . .«

»Ha! Zusteller postalischer Sendungen!«, keift Gina. »Ich lach mich tot. Ist wohl nicht so leicht, der Wechsel von einem Schriftsteller zu einem Briefträger.«

Wie gut, dass die beiden so weit auseinandersitzen. Denn sonst hätte Mama meiner Schwester jetzt mit Sicherheit eine geknallt. Ich bin ziemlich überrascht über das, was hier gerade abläuft. Wieso ereifert sich Gina bloß so sehr wegen Frantek? Mama ist gestern mit Papa ausgegangen. Ziemlich romantisch in ein französisches Restaurant mit unglaublich viel Kerzenlicht. Und ziemlich lange. Nach Auskunft meines Weckers ist es fast halb zwei in der Nacht gewesen, als ich endlich Mamas Schlüssel in der Wohnungstür vernommen habe.

Frantek ist also gar nicht mehr der Punkt. Worüber ich natürlich sehr froh bin. Denn immerhin ist es ja möglich, dass er mich erst jetzt, da meine Mutter sich nicht mehr für ihn interessiert, wirklich lieben kann. Ich seufze, nippe ein bisschen an meiner Milch und höre den beiden weiter gespannt zu.

»Frantek ist sehr gebildet«, sagt Mama gerade. »Er interessiert sich für Philosophie und Naturwissenschaften. Er ist unglaublich belesen. Er ist sensibel und aufmerksam. Und er liebt Pflanzen und Tiere und Kinder über alles.«

»Na toll!«, schreit Gina. »Dann ist er ja ein richtiger Traumtyp. Besonders, wo du dir aus Tieren und Pflanzen noch nie viel gemacht hast.«

»Und du?«, rutscht es aus mir heraus. »Du doch auch nicht!«

Und aus Büchern, denke ich, aus Büchern erst recht nicht.

Gina saust herum und starrt mich an. Hatte sie mir damals nicht erklärt, sie sei in jemanden mit dem Anfangsbuchstaben F verknallt?

F wie Frantek?

Auch Mama kriegt ihren Mund nicht wieder zu. Etwas ist mir jedenfalls sonnenklar: Meine Yucca hole ich mir zurück. Und wenn in meinem Schlauchzimmer tausendmal kein Platz für sie ist.

»Papa, ich habe ein Problem«, sage ich, ohne ihn dabei anzusehen. Er rutscht ein Stück nach vorne und greift nach der Fernbedienung auf dem Tisch.

»Okay, dann muss Rafael Nadal eben ohne mich gewinnen.«

Der Fernseher geht aus und mein Vater setzt sich neben mich auf das Sofa.

»Hat es mit deinem Liebeskummer zu tun?«

Ich nicke.

»Er liebt dich nicht?

»Woher weißt du das?«, frage ich erschrocken.

Er knufft mich gegen die Schulter. »War doch nur eine Frage.«

»Könnte aber sein.«

»Das heißt, du weißt es gar nicht genau.«

»Nee.« Ich druckse ein wenig herum. »Es ist nur, ich glaube, es sind noch zwei, die ich sehr gut kenne, in ihn verknallt.«

»Scheint ja ein attraktives Bürschchen zu sein.«

»Papa, es hat keinen Sinn, wenn du mich nicht ernst nimmst.«

Er schaut mich an. Eine ganze Weile.

»Entschuldige. Wer ist er denn überhaupt? Und wer sind deine beiden Konkurrentinnen?«

»Die sind auf jeden Fall tausendmal hübscher als ich.«

»Klar«, sagt mein Vater.

»Wieso?«

»Weil du noch niemals ein Mädchen getroffen hast,

dem du dich in dieser Hinsicht ebenbürtig gefühlt hast.« Er guckt ganz ernst. »Dabei ist es der größte Blödsinn, den es gibt.«

»Findest du mich denn irgendwie hübsch?« Ich traue mich kaum das zu fragen.

»Sehr.«

»Na ja, du bist schließlich mein Vater.«

»Und du meinst, deshalb renne ich mit Scheuklappen durch die Gegend. Nein, mein Schatz. Ich habe drei Töchter. Alle drei sind grundverschieden, aber alle sind wirklich hübsch.«

»Eine von den beiden ist Gina.«

»Natürlich.« Zuerst scheint er nicht zu verstehen, was ich meine, aber dann klingelt es wohl doch an der entscheidenden Stelle in seinem Gehirn.

»Ach soo . . . Tja, dann kommt es jetzt ein bisschen darauf an, wie alt der junge Mann ist.«

»Irgendwas zwischen zwanzig und dreißig.«

Mein Vater springt auf.

»Das ist doch wohl nicht dein Ernst! Den würde ich ja nicht einmal so ohne Weiteres mit deiner Schwester losziehen lassen.«

»Papa!«, lache ich und tippe mir an die Stirn. »Minos ist auch fast zwanzig. Und Gina wird bald sechzehn.«

»Ist ja schön, dass du selbst in dieser Situation deine Schwester in Schutz nimmst. Aber mal ganz im Ernst, meinst du nicht, dass er ein bisschen zu alt für dich ist?«

Ich verschränke meine Arme vor meiner Brust.

»Ich liebe ihn aber.«

Mein Vater schüttelt den Kopf. »Und wer ist es?«

»Unser Briefträger. Aber . . .«

»Euer Briefträger? Sag mal, hast du nicht neulich erst behauptet, dass eure Mutter an dem interessiert ist?«

»Ja, genau. Mama ist die andere, die Zweite. Das ist doch mein Problem.«

Ich fühle mich äußerst dämlich. Abgesehen davon, dass Papa mir eine ganz schöne Standpauke gehalten hat, geht in mir alles drunter und drüber.

Gina hat mich also die ganze Zeit über nur benutzt, so wie sie das eigentlich immer macht. Aber wenn einem das so richtig bewusst wird, dann ist das schon ziemlich blöd. Da ist es nur ein schwacher Trost, dass ich sie umgekehrt auch ein kleines bisschen benutzt habe. Na ja, ein größeres Geburtstagsgeschenk brauche ich ihr jedenfalls ganz bestimmt nicht zu machen, nur weil ich etwas Geld für die Einschreibebriefe von ihr gekriegt habe.

Ja, und Frantek? Den habe ich schon seit über einer Woche nicht mehr gesehen. Ich weiß nicht einmal mehr so richtig, wie er überhaupt aussieht. Dabei müsste sein Gesicht doch unauslöschlich in mein Herz eingebrannt sein.

Vielleicht hat Papa ja doch recht. Vielleicht ist er tatsächlich zu alt. Sogar für Gina. Und wie ist es dann mit Mama?

Wenn ich ehrlich bin, habe ich überhaupt keine Lust, in jemanden verliebt zu sein, den meine Mutter schon liebt. Und meine Schwester noch dazu.

Gina, diese dumme Pute! Die hat doch bereits Minos. Warum behält sie den nicht einfach? Warum muss sie sich denn ausgerechnet noch zusätzlich in Frantek verlieben? Da habe ich doch überhaupt keine Chance mehr.

Mittlerweile habe ich das Blumengeschäft erreicht und biege dahinter direkt ins Einkaufszentrum ein. Gerade denke ich, hoffentlich treffe ich nicht wieder Babsi, da bleibe ich wie vom Blitz getroffen stehen. Frantek! Ich erkenne ihn sofort, auch ohne sein gelbes Fahrrad. Na, wenn das nicht doch ein gutes Zeichen ist.

Von einer Sekunde auf die andere werden meine Beine so schwer wie zwei Metallblöcke und meine Füße bleiben einfach auf dem Boden kleben, während sich mein Gehirn so anfühlt wie die Fleischeinlage in einer Bouillon, die auf dem Herd hochgedreht wird und schließlich überkocht.

»Äh, hallo«, presse ich mutig heraus, als er mit mir auf einer Höhe ist.

Er sieht mich irritiert an, bleibt stehen und sagt in fragendem Tonfall: »Ach, hallo.«

Ich habe das blöde Gefühl, dass er mich wieder mal nicht erkennt.

»Samantha Rottmann.« Ich versuche zu lächeln. »Die mit den vielen eingeschriebenen Briefen.«

»Ach ja, hallo, Samantha.« Er kriegt das mit dem Lächeln ein bisschen besser hin als ich. »Du, entschuldige, ich hab gerade nicht so viel Zeit.« Er schiebt seine Schultern nach oben. »Wir sehen uns.«

Wann denn?, würde ich ihm am liebsten hinterherrufen. Stattdessen kämpfe ich mit dem schmerzenden Kloß in meiner Kehle. Der hellblaue Brief ist also wirklich nicht von ihm. Er liebt mich überhaupt nicht. Nicht einmal zu meinem Brief hat er was gesagt, dieser feige Hund! Aber wahrscheinlich kriegt er jeden Tag mindestens zwanzig Liebeserklärungen und blickt nicht mehr durch.

Meine Augen brennen vor Wut. Und meine Hände kramen in meiner Jeans nach dem Taschengeld. Ich werde mir jetzt ein Bruno Mars-Shirt kaufen. Das habe ich mir lange genug verkniffen, vor allem weil Mama und Gina das unter Garantie blöd finden. Doch das ist mir jetzt egal. Sollen sie doch alle denken, was sie wollen!

Ich habe den Zehner gefunden und gehe ein bisschen schneller. Doch als ich vor dem Kaufhaus stehe, habe ich plötzlich gar keine Lust mehr auf das Shirt. Ich möchte nur noch nach Hause in mein Schlauchzimmer, in mein Bett unter die Decke und nie wieder vor die Tür.

Ich drehe mich herum und renne los, da entdecke ich einen ziemlich bunten Haarschopf.

Heike? Ich recke mich auf die Zehenspitzen und mache einen Giraffenhals.

Tatsächlich! Sie ist es. Im Supermarkt an der Kasse. In einer langen Schlange. Und ständig schaut sie sich um, als würde sie von jemandem verfolgt. Ohne groß zu überlegen, schiebe ich mich zwischen einem Einkaufswagen mit heulendem Kleinkind und meckernder Mutter und einem schneckenschnellen Opi in den Laden.

Ich schlüpfe in meine ausgelatschten gelben Turnschuhe und begutachte sie von allen Seiten. Vor nicht allzu langer Zeit sind sie noch meine absoluten Lieblingstreter gewesen, aber inzwischen? Außerdem drückt da etwas. Ich ziehe den linken Schuh wieder aus und drehe ihn herum. Das Kondom fällt mir genau vor die Füße.

»Hi«, sage ich und hebe es mit zwei Fingerspitzen auf. »Dich hatte ich ja völlig vergessen.«

Ich betrachte es von allen Seiten und stelle fest, dass es sich viel weniger glitschig anfühlt als damals, als ich es frisch aus seiner frommen Folienverpackung gezogen hatte. Kurz entschlossen stecke ich es gleich wieder zurück in die Turnschuhe und befördere alles zusammen in den Mülleimer. Die Turnschuhe sind mir inzwischen peinlich geworden mit ihren dummen selbst gepinselten Piepmätzen darauf, die man sowieso nicht mehr richtig erkennen kann. Und Kondome brauche ich bestimmt die nächsten zehn Jahre nicht. Mindestens. Wenn überhaupt.

Ich werfe mich aufs Bett, um über alles nachzudenken. Frantek möchte ich jedenfalls nie wiedersehen. Ich glaube, das würde ich nicht ertragen. Das Beste wäre eigentlich, wenn er zukünftig seine Post in einer anderen Stadt austragen würde. Aber das ist wohl utopisch. Ich kann mir jedenfalls nicht vorstellen, dass er sich wegen mir in eine andere Stadt versetzen lässt. Dazu hat er ja auch überhaupt keinen Grund.

Wenn nur endlich die Ferien vorbei wären! Dann würde ich morgens wenigstens nicht mehr auf sein Klingeln hoffen. Und Gina wäre ebenfalls aus dem Rennen, weil sie auch wieder zur Schule müsste. Mama hätte dafür dann allerdings sturmfreie Bude.

Und was ist mit Papa? Ob er es wohl zulassen würde, wenn Mama mit einem anderen loszieht? Schließlich hatten die beiden gerade erst dieses piekfeine Rendezvous. Über das Mama kein Wort gesagt hat. Und Papa auch nicht.

Oh, Frantek, wie wunderbar einfach könnte alles sein, wenn du dich in mich verlieben würdest. Aber so?! Wenn ich jetzt ein paar Ziegelsteine zur Verfügung hätte, würde ich glatt meine Zimmertür zumörteln. Und vielleicht auch mein Fenster. Und mein Gehirn. Und meine Gefühle.

Und Heike vielleicht gleich mit dazu. Die hat mich vielleicht angefaucht im Supermarkt, ich solle sie bloß in Ruhe lassen. Ich bin aber nicht weggegangen, sondern habe einfach gewartet, bis sie alles bezahlt hatte.

Draußen hat sie dann versucht abzuhauen, aber ich bin ihr hinterher. Und weil sie so viel zu schleppen gehabt hat, habe ich sie mühelos eingeholt.

»Deine Mutter ist bei uns gewesen«, habe ich gesagt.

»Sie ist nicht meine Mutter.«

»Ich weiß.« Heike hat mich blöd angeguckt und losgezischt: »Es hat sich noch nie jemand wirklich für mich interessiert. Also mach du jetzt auch keine Schau.«

»Deine Mutter . . .«

»Vergiss sie einfach. Die habe ich nie gesehen.«

Ich hatte eigentlich die kleine Frau Melchitz gemeint. Aber das habe ich gar nicht mehr gesagt. Es war, als wenn mir alle Wörter irgendwo zwischen Gehirn und Stimmbändern stecken geblieben wären. Heike hat solange in ihrer Jackentasche gekramt und mir plötzlich einen Zehner vor die Augen gehalten.

»Hier, bitte. Und jetzt lass mich in Ruhe!«

Dann ist sie endgültig weggerannt. Und ich bin wie mit dem Boden verwachsen stehen geblieben und habe ihr hinterhergestarrt.

»Du kannst mich doch nicht kaufen!«, habe ich noch gebrüllt. Aber Heike ist in Richtung Abbruchhäuser verschwunden.

Die Luft, die für mich in der warmen Dunkelheit zum Einatmen übrig geblieben ist, ist warm und stickig. Ich schlage die Bettdecke mit einem Ruck wieder auf und starre vor mich hin.

Sich einmörteln hat keinen Sinn. Sich verstecken auch nicht. Denn die Gedanken bleiben ja trotzdem da. Jedenfalls bei mir. Und Heike wird es bestimmt nicht anders ergehen. Ob ich ihrer Mutter sagen soll, dass ich Heike getroffen habe?

Komisch, dass sie nicht kapiert, wie sehr ihre Mutter sich um sie sorgt. Ich hätte ihr das klarmachen müssen.

Aber ich habe ja keinen Ton herausgekriegt. Doof, dass einem immer erst hinterher einfällt, was man alles hätte tun und sagen können.

Aber irgendetwas muss ich doch machen. Ich muss wissen, warum Heike überhaupt weggelaufen ist. Und ich habe das Gefühl, ich muss es wissen, bevor ich ihre Mutter alarmiere. Doch dann bleibt mir nichts anderes übrig, als in diese unheimliche Abbruchgegend zu gehen, in der lauter Penner hausen.

Ich wünschte, ich müsste es nicht allein tun. Ich schlage die Bettdecke wieder zurück über mein Gesicht und versuche, ein bisschen wegen Frantek zu heulen, aber meine Augen bleiben trocken und Heike in voller Lebensgröße in meinem Kopf.

Ob ich Mama ins Vertrauen ziehen kann? Nein. Sie würde bestimmt auch gleich zu Heikes Mutter rennen. Oder? Papa?

Oder vielleicht Gina?

Nein, die ist auch nicht die Richtige. Wahrscheinlich würde sie sich sowieso nicht verantwortlich fühlen und mir höchstens raten, die Polizei zu rufen.

Bleibt wirklich nur Papa.

»Ihr Vater hat heute frei«, ruft mir die Frau hinter der Theke in Cosmo's Kneipe zu, während sie an der Cappuccino-Maschine steht, die die Milch in einem hohen

Topf unter unglaublichem Getöse innerhalb kürzester Zeit in wunderbar weißen Schaum verwandelt. Die Frau ist ziemlich groß und schön. Sie hat einen knallroten Knutschmund und einen meterlangen blonden Pferdeschwanz und ich bin heilfroh, dass sie nicht zusammen mit Papa freihat.

Sie lächelt mir zu, stellt die Maschine ab und streicht den Schaum mit einem Löffel in halb gefüllte Kaffeebecher.

»Heute Abend ab halb neun ist er wieder hier.«

»Das ist mir aber zu spät.«

Sie nickt. Doch sie versteht natürlich gar nichts. Während sie wahrscheinlich denkt, dass ich um diese Uhrzeit längst in den Kissen ruhe, meine ich, dass ich nicht so lange warten kann, Heike zu helfen.

»Ich werde es bei ihm zu Hause versuchen«, sage ich und könnte mir beim Herausgehen die Zunge abbeißen, denn schließlich muss diese Sexbombe nun wirklich nicht wissen, dass mein Vater offensichtlich alleine wohnt.

9

Leider ist Papa nicht zu Hause gewesen. Ich klingle so lange, bis eine ältere Frau aus der Haustür geschossen kommt und mich beschimpft. Und zwar mit Wörtern, von denen Erwachsene sonst immer behaupten, man solle sie gar nicht erst denken.

Völlig ratlos fahre ich wieder zurück und trotte ins Einkaufszentrum. Bisher habe ich hier noch immer jemanden getroffen.

Ich lasse mich auf der steinernen Umrandung eines dieser überdimensionierten Blumenkästen nieder, zeichne mit meinem rechten Fuß die schmalen Fugen zwischen den Pflastersteinen nach und überlege.

»Hallo, Samantha!«

Ich schrecke hoch und erblicke Frantek. Er steigt gerade von seinem gelben Rad und lächelt mich an. »Vielleicht sollten wir mal miteinander reden.«

Was?

Mein Herz fängt sofort an wie ein Pingpongball hin und her zu hüpfen.

Ich starre ihn an und weiß nicht, was ich sagen soll. Auf einmal finde ich ihn furchtbar fremd.

»Hast du Lust so gegen ...«, er schaut auf seine Armbanduhr, »so gegen halb zwölf mit mir ein Eis zu essen?«

Ich spüre, wie mein Mund aufgeht, aber ich kriege kein Wort heraus.

»Oder lieber eine Pizza, wenn du Hunger hast.«

»Ich habe keinen Hunger«, stottere ich.

»Samantha, es ist wegen des Briefchens, das du mir geschrieben hast.« Er streicht sich ein paar Mal durch die Locken und guckt dabei nach oben in die Wolken, als ob es dort etwas abzulesen gäbe. »Ich finde, wir sollten darüber sprechen. Und ich finde auch, dass du ein sehr nettes Mädchen bist.«

Am liebsten würde ich mir die Ohren zuhalten. Vor einigen Tagen, da habe ich gedacht, er würde mich direkt in seine Arme nehmen, wenn er mich sieht. Doch da hat er mich gar nicht beachtet, mich fast nicht erkannt. Und jetzt will er auf einmal mit mir reden? Mir sagen, dass ich ein nettes Mädchen bin? Und sonst?

Mein Herz kriegt sich allmählich wieder ein. Ich schaue in sein braun gebranntes Gesicht mit den tollen Strahleaugen. Und irgendwie kann ich mir gar nicht mehr vorstellen, dass er mich küsst. Das kann er ruhig mit einer anderen machen. Wenn es nur nicht Mama ist.

Ich schüttle meinen Kopf und murmle: »Ist schon in Ordnung.«

Er fummelt an seinem Kehlkopf herum.

»Äh, bist du sicher?«

Warum haust du nicht einfach ab?, denke ich. Ich bin

mir vollkommen sicher. Im Augenblick will ich ihn jedenfalls nicht mehr sehen. Und überhaupt kann ich sowieso die ganze Zeit nur an Heike denken.

»Na gut, wie du meinst. Also bis dann«, sagt er, lächelt mich noch einmal an, schwingt sich auf sein Rad und fährt zur Apotheke hinüber. Ich rutsche auf der Mauer des Blumenkastens entlang, bis ich in die entgegengesetzte Richtung sehen kann und ihm den Rücken zuwende.

Da vorne sind die Abbruchhäuser. Gleich die nächste Straße hinter dem Ärztehochhaus und der Bank. Und da ist jetzt wahrscheinlich auch irgendwo Heike. Hoffentlich ist sie noch dort. Jetzt, wo sie sich ausrechnen kann, dass ich so ungefähr weiß, wo sie sich versteckt. Ich sitze noch lange da und starre immer in dieselbe Richtung. Doch es kommt niemand vorbei, den ich kenne.

Also muss ich tatsächlich diese leeren Wohnungen durchsuchen.

Aber bestimmt nicht allein!

Ich will gerade in den schmalen Weg zu unserer Haustür einbiegen, da erblicke ich Gina und Minos Arm in Arm an der nächsten Straßenecke. Erstaunt bleibe ich stehen und überzeuge mich davon, dass ich mich bestimmt nicht geirrt habe. Aber nein!

Jetzt wühlt Gina auch noch wie wild in seinen Haaren herum und die beiden fangen an zu knutschen, dass sogar mir ganz schwindelig dabei wird. Ich versuche, mich möglichst unauffällig zu bewegen, schleiche auf die Tür zu, hocke mich in die Ecke des Eingangs und warte.

Es dauert ewig. In der Zwischenzeit steckt Frau Kardel, die sich hier immer so gern als Hausmeisterin aufspielt, ihren Kopf zur Tür heraus und schaut mich missbilligend an.

»Ich warte nur auf meine Schwester«, sage ich leise und möglichst freundlich. Sie nickt, guckt aber immer noch so, als wäre ich ein dicker Fettfleck auf ihrer blütenweißen Tischdecke.

Endlich erscheint Gina und nun ist sie es, die verwundert dreinschaut.

»Wartest du etwa auf mich?«

»Ja. Ich hab dich an der Ecke gesehen.«

Gina schließt auf, sagt aber nichts.

»Mit Minos.«

»Hab ihn zufällig in der Stadt getroffen.«

»Aha.«

»Ja. Wir haben uns ewig nicht gesehen und eine Menge zu erzählen gehabt.«

»Mit den Armen und den Lippen und so«, sage ich grinsend.

»Klar. Wie willst du denn sonst reden?«

Inzwischen sind wir oben vor unserer Wohnungstür angekommen.

»So eng beieinander, meine ich, und so tief ineinander gesteckt.«

»Du hast sie ja wohl nicht mehr alle!«, faucht Gina.

»Ineinander gesteckt! Du hast doch überhaupt keine Ahnung, wie das geht. Das war ein harmloser Kuss unter Freunden.«

»Na, dann würde ich aber wirklich gerne mal wissen, was du mit ihm gemacht hast, als ihr noch zusammen gegangen seid. Oder habt ihr gar nicht Schluss gemacht?«

Meine Schwester kann darauf nichts mehr erwidern, denn von innen wird plötzlich die Tür aufgerissen und Mama steht völlig aufgelöst vor uns.

»Ist Nadine bei euch?«

»Nadine?«, fragt Gina gedehnt. »Nö.«

»Bei eurem Vater ist sie auch nicht.«

»Was ist mit Britta?«, frage ich.

»Ich habe schon überall herumtelefoniert.«

Meine Schwester guckt auf ihre Armbanduhr.

»Noch nicht mal halb sieben. Mama!« Es klingt vorwurfsvoll.

»Sie soll um sechs zu Hause sein. Das weiß sie und bisher hat sie sich auch immer daran gehalten.«

»Pille und ich haben auch irgendwann mal damit angefangen, nicht um Punkt sechs daheim zu sein«, erwidert Gina ganz ruhig.

»Ihr seid nie pünktlich gewesen.« Meine Mutter sieht ganz verzweifelt aus. »Beide nicht.«

»Okay, wir suchen sie«, sage ich.

Gina seufzt, aber Mama nickt und schiebt uns gleich wieder ins Treppenhaus zurück.

Ich sehe Nadine als Erste. Sie sitzt Frantek gegenüber in Cosmo's Kneipe und lässt sich von der Sexbombe mit Pferdeschwanz ein Baguette servieren. Frantek lächelt ihr zu und glotzt dann der Sexbombe mit brennenden Augen unzählige Löcher in die Klamotten.

»Na, warte!«, zischt Gina.

Wie gut, dass ich noch rechtzeitig gemerkt habe, dass er viel zu alt für mich ist, denke ich. In meinem Bauch fühlt es sich dabei allerdings so an, als würde eine riesige Mixmaschine alle meine Gedärme durcheinanderwühlen.

»Reg dich nicht auf«, sage ich. »Wir holen sie da einfach raus.«

»Das denkst du aber auch nur«, erwidert Gina wütend und hält mich am Arm fest. »Ich möchte erst sehen, was er mit ihr macht.«

»Willst du etwa so lange warten, bis er sie abknutscht?«

Im gleichen Moment fällt mir ein, dass er sich das in der Öffentlichkeit wohl nicht trauen würde. Denn dann wäre er ja gleich als Kinderschänder verschrien.

»Das soll er nur wagen!«

»Ich finde es wirklich besser, wir gehen da rein und holen sie nach Hause. Schon damit Mama sich keine Sorgen mehr machen muss.«

»Ich rede doch nicht von Nadine.«

»Von wem denn?«, frage ich auch noch ganz doof. Und dann merke ich es selber.

Gina meint die blonde Sexbombe, die sich inzwischen zu den beiden an den Tisch gesetzt hat und sich sirupsüß lächelnd mit Frantek unterhält. Dabei streicht sie ununterbrochen ihren Pferdeschwanz glatt und reckt ihren Busen so weit heraus, dass er beinahe über den halben Tisch reicht.

»Wenn sie das noch einmal macht, sollen ihr sämtliche Haare auf einmal ausfallen!«, schnauft Gina neben mir.

»Du bist also tatsächlich in unseren Briefträger verknallt.«

»Was heißt denn hier verknallt? Ich liebe ihn, seit er das erste Mal bei uns war.«

»Da warst du doch gar nicht zu Hause, als dein blödes Paket angekommen ist.«

Gina grinst mich von oben herab an.

»Da kannte ich ihn schon längst. Was meinst du, wieso ich die Bücher überhaupt bestellt habe!«

»Nicht wegen Minos?«, frage ich erstaunt.

Sie guckt mich an, als wäre ich noch ein Baby, das die Welt nicht kapiert.

»Dann sollte ich ihn gar nicht wegen Mama und Papa ausfragen, sondern nur wegen dir, was?«

Gina zuckt die Schultern.

»Na ja, beides.«

Ich tippe leise gegen die Scheibe und grinse.

»Und jetzt hat er Nadine zum Essen eingeladen.«

»Das ist doch Kinderkram.«

»Und was ist mit Alchimie und Philosophie?«

»Ja, das sind Themen, für die er sich am meisten interessiert«, seufzt Gina. »Neben der Vernichtung der Regenwälder.«

»Das ist natürlich ein Grund, sich gleich eine Yucca ins Zimmer zu stellen.«

»Ich wollte mich da reinfühlen, wie das so ist mit Pflanzen.«

Klar.

»Und was ist mit Nadine? Die hat doch wohl deine komischen Bücher gelesen, die du in Mamas Regal zwischengelagert hattest.«

Gina fährt herum und starrt mich an.

»Mensch, Pille, da hast du recht.«

Die Tür der Kneipe öffnet sich und ein Pärchen kommt heraus. Gina zieht mich am Ärmel zur Seite.

»Komm, wir gehen besser ein Stück weg, damit es nicht so auffällt.«

»Aber dann kannst du die Sexbombe doch nicht mehr beobachten.«

»Pah. Diese Kuh!«

»Tja, wenn du Minos noch gern hättest, wär's irgendwie einfacher, nicht?«, sage ich nach einer Weile.

Gina schweigt. Dann legt sie mir plötzlich einen Arm um die Schultern und grinst mich an.

Und mir jagt gleichzeitig ein großer Schreck durch den Körper.

»Mensch, da kommt Papa!«, raune ich Gina ins Ohr.

Sie zieht mich wieder am Ärmel hinter sich her.

»Der hat uns bestimmt noch nicht gesehen. Das schaffen wir noch.«

Wir flitzen um die nächste Ecke, behalten die Kneipe aber weiter im Auge. Papa steuert genau darauf zu.

»Okay, Problem ›Nadine‹ gelöst.« Gina lehnt sich erleichtert gegen die Wand. »Dann können wir uns sämtliche Peinlichkeiten ersparen und in aller Ruhe nach Hause gehen. Und natürlich sind wir heute Abend gar nicht hier gewesen.«

Der Abend verläuft erst einmal ziemlich ungemütlich. Mama ist sowohl sauer als auch erleichtert. Nadine heult sich den natürlichen Wassergehalt ihres Körpers nahezu komplett aus den Augen. Papa spielt den Beschwichtiger, was Mama nur noch wütender macht.

»Halt du dich da raus!«, schreit sie ihn schließlich an. »Du hast doch, was die Kinder angeht, sowieso immer nur das Sahnehäubchen abgeschleckt.«

Papa lehnt sich zurück und glotzt schweigend auf seinen Schoß.

»Ich glaube, ich habe es einfach nur weniger ernst genommen als du«, sagt er schließlich. »Das Leben muss doch auch mal Spaß machen.«

»Ja klar und ich bin eure Spielverderberin.«

Gina und ich schauen uns mit sorgenvollen Mienen an. Die werden sich nie mehr einig, denke ich traurig. Nadine hat mittlerweile aufgehört zu heulen.

»Das stimmt nicht«, sagt sie zu Mama. »Ich finde beides richtig, was ihr sagt.«

»Aha«, erwidert unsere Mutter und macht nicht unbedingt den Eindruck, als würde sie gleich damit aufhören, wütend zu sein.

»Es kommt wohl nur darauf an, mit welchen Augen man das Ganze betrachtet«, sagt Papa. »Relativitätstheorie à la Einstein, sozusagen.«

»Na klasse, Nadine«, lacht Gina. »Da hast du nun ganz unverhofft eine Antwort auf eine deiner tausend Fragen gekriegt. Das schönste Beispiel für die Relativitätstheorie hast du dir nun selbst geliefert.«

Meine kleine Schwester macht große Augen. Und Mama ringt sich ein Lächeln ab.

»Na, dann ist ja wohl alles geklärt.« Sie sieht ziemlich beleidigt aus und uns der Reihe nach an. »Ja, wenn nach Einstein automatisch jeder recht hat, weil es immer nur auf den jeweiligen Standpunkt ankommt, dann brauche ich mich ja auch nicht weiter mit euch zu streiten.«

Papa räuspert sich, holt einmal tief Luft und sagt: »Tja, und wenn du dich nicht mehr mit uns streiten musst, dann brauchen wir doch eigentlich auch gar nicht mehr so furchtbar getrennt zu wohnen.«

Mir rauscht das Blut in den Ohren, so groß ist meine Angst vor Mamas Antwort.

Zum Glück klingelt das Telefon. Gina springt auf, aber ich bin trotzdem die Erste. Und es ist auch für mich.

Es ist Felix. Er stottert. Er meint, dass ich unbedingt

vorbeikommen soll, weil sein Marionettenstück jetzt fertig ist. Und auf einmal habe ich eine Idee. Dass ich daran noch nicht gedacht habe! Felix wird mich bei der Suche nach Heike begleiten. Er ist mir für meine Hilfe bei den Marionetten schließlich noch einen Gefallen schuldig. Wir verabreden uns für den nächsten Tag.

Auch zum Frühstück ist Papa da. Schon wieder oder immer noch? Leider habe ich keine Ahnung.

»Sollen wir nicht morgen alle zusammen in einen dieser abscheulichen Vergnügungsparks gehen?«, fragt er mit glänzenden Augen und beißt herzhaft in sein Brötchen.

»Au ja!«, ruft Nadine.

»Wieso gibt es eigentlich Brötchen?«, fragt Gina, während sie gerade über einer fünf Millimeter dicken Butterschicht ein halbes Glas Pflaumenmus verteilt.

»Zur Feier des Tages«, erwidert Papa grinsend.

»Ach, ihr wollt wohl wieder heiraten?«, sagt meine Schwester nun ziemlich kühl, aber ich sehe genau, wie ihr Messer aufgeregt hin und her flattert. Nadine starrt Papa mit weit geöffnetem Mund an und mir springt fast das Herz aus der Brust.

»Das ist zum Glück völlig überflüssig«, sagt Mama, die gerade aus dem Bad kommt. Dummerweise ist ihr dabei nicht anzusehen, wie sie das meint. Typisch.

»Sie sind doch gar nicht geschieden«, triumphiert Nadine. Jetzt könnte einer der beiden doch wirklich mal was Konkretes sagen, aber Mama lächelt nur, hockt sich auf ihren Stuhl und zeigt auf Ginas Brötchen.

»Dass du auch immer übertreiben musst! Zu viel von allem ist schließlich auch nicht gut.«

»Dir kann man es ja sowieso nie recht machen«, entgegnet Gina frech.

Und Papa ruft: »Bravo!«

Doch bevor sie wirklich ernsthaft reden können, klingelt es an der Tür.

»Das ist sicher der Postbote«, sagt Mama gelassen. »Wer macht auf?«

Niemand rührt sich. Doch dann springt Gina hoch.

»Ich hab ihm noch was zu sagen.«

»Ich eigentlich auch«, sagt Mama und geht Gina hinterher.

Papa zieht seine Stirn in Falten und Nadine ist auf einmal ganz blass. Ich schaue auf die Küchenuhr. Kurz vor zehn. Felix wartet bestimmt schon. Also würge ich den Rest meines Brötchens schnell herunter.

»Ich hab 'ne Verabredung«, sage ich mit vollem Mund. Im Flur greife ich nach meiner Cordjacke und quetsche mich an Mama, Gina und Frantek vorbei ins Treppenhaus. Ich renne hinunter, bleibe aber im zweiten Stockwerk ruckartig stehen.

»Das hätte ich nicht von dir gedacht«, höre ich meine Mutter sagen. »Nadine ist doch noch ein Kind.«

»Ich mag Kinder«, sagt Frantek.

»Und dickbusige Blondinen wohl auch«, keift Gina.

»Samantha und dickbusig?«, fragt Mama irritiert.

»Wieso denn Pille?«, schreit Gina. »Die hat doch überhaupt keinen Busen.«

»Na eben«, entgegnet Mama an Franteks Stelle.

Immer die gleichen Gemeinheiten. So langsam könnte sie sich auch mal etwas Neues einfallen lassen.

»Ja, also, es tut mir wirklich leid, dass Nadine gestern zu spät heimgekommen ist, aber ich habe nicht gewusst . . .«, sagt Frantek.

»Natürlich nicht«, sagt Mama hart. »Wenn man einfach übersieht, dass Nadine noch ein Kind ist. Aber vielleicht interessieren dich erwachsene Frauen ja nicht. Wer weiß, für wen du dich wirklich interessierst.«

»Das Ganze ist ein riesengroßes Missverständnis.« Frantek holt tief Luft. Für einen irre langen Moment ist es über mir fast totenstill. »Es tut mir wirklich leid. Aber ich kann ja nun wirklich nichts dafür, dass sich gleich der gesamte weibliche Anteil einer Familie für mich begeistert.«

Das hat er aber schön gesagt, denke ich grinsend und gehe langsam weiter. Es muss von denen da oben ja schließlich keiner wissen, dass ich hier unten alles mitbekommen habe.

Mama duzt ihn also. Peinlich, peinlich. Wer weiß, was zwischen denen gelaufen ist. Mama scheint ihm ja ganz schön nachgerannt zu sein, vielleicht war das sogar eine Spur schlimmer als mein Liebesbriefchen.

Na, jetzt hoffe ich nur, dass Papa das alles richtig verwertet, wenn er es mitgekriegt hat. Laut genug geschrien haben die beiden ja. Ich öffne leise die Haustür und sause los in Richtung Einkaufszentrum.

»Das ist ja eine ziemlich abenteuerliche Geschichte, die du mir da auftischst.«

Mit diesen Worten empfängt mich Felix an der Mauer des letzten Blumenkastens vor dem Ärztehaus. Mir fällt sofort auf, dass seine Augen fast genauso strahlen wie die von Frantek. Dann ist das also gar nichts Besonderes, oder? Aber wieso merke ich das erst jetzt? Bei Felix, meine ich.

Egal, es geht im Augenblick um viel wichtigere Dinge.

»Gar nichts habe ich dir aufgetischt«, sage ich empört. »Das ist die absolute Wahrheit.«

»Ist ja schon gut«, wiegelt er gleich wieder ab. »Also, wo ist sie?«

»Ich denke mal, irgendwo dahinten in der Abbruchsiedlung.«

Während wir zu der Abbruchsiedlung laufen, berührt er mich ganz leicht am Arm. »Ich meinte doch nur, dass die Häuser gar nicht abgerissen, sondern nur renoviert werden sollen.«

»Du bist ja richtig schlau«, sage ich schnippisch und überlege, ob er auch wirklich der Richtige für diese Sache ist.

»'tschuldige, mein Onkel arbeitet beim Bauamt. Deshalb weiß ich das. Sonst bin ich gar nicht so schlau.«

»Sondern extrem bescheiden, was?«, frage ich grinsend.

»Aber okay, dafür bin ich nicht so mutig. Allein hätte ich mich da nie reingetraut.«

Inzwischen stehen wir vor dem ersten der insgesamt acht sechsstöckigen Gebäude, von denen man sich im Augenblick kaum vorstellen kann, dass da überhaupt jemals wieder irgendwer drin wohnen wird. In den meisten Fenstern fehlen die Scheiben, alles ist vollgesprüht mit blöden oder auch mal ganz guten Sprüchen. Teilweise sehen die Grafitti sogar echt toll aus, wie riesige Gemälde, tausendmal besser jedenfalls als Mamas Kleckserei. An vielen Stellen bröckelt das Mauerwerk, manchmal klaffen sogar richtige Löcher.

»Ich traue mich nicht«, sagt Felix so leise, dass ich es fast nicht verstehen kann.

»Was?«

»Na, ohne dich da rein.«

»Klasse«, rufe ich. »Und was machen wir jetzt?«

»Gemeinsam sind wir stark«, meint er verlegen.

»Auch so ein dummer Spruch.«

Aber vielleicht gar nicht so falsch. Ich fasse Felix am Ärmel und ziehe ihn mit.

»Meinst du, die ist gleich im ersten Haus?«, fragt er skeptisch.

»Wieso nicht? Also, wenn ich hier unterschlüpfen würde, dann bestimmt im ersten.«

»Okay, aber es kann doch sein, dass sie mutiger ist als wir.«

Ich zucke mit den Schultern und vor mir laufen ein paar

Bilder ab. Heike und ihre Mäuse. Heike, die ihre Mutter herumkommandiert. Heike, die überhaupt gerne Befehle erteilt. Heike, die mal superfreundlich und dann wieder oberätzend ist. Heike, die Lügnerin, die anderen gerne Angst einjagt. Aber auch Heike, die selbst Angst in den Augen hat, als sie bei mir unterkriechen will.

»Keine Ahnung«, sage ich. »Sie ist mir einfach ein Rätsel.«

»Dann verstehe ich, ehrlich gesagt, nicht, warum du dich da so reinhängst.«

»Na, hör mal, was ist denn, wenn ihr was passiert?«

»Du könntest es doch auch ihrer Pflegemutter überlassen. Oder direkt der Polizei.«

»Nee, eben nicht. Sie hat vor irgendwem oder irgendetwas schreckliche Angst. Und ich will sie nicht in irgendwas reinreißen.«

Felix guckt mich stumm an mit seinen blauen Augen, die so strahlen und so freundlich sind. Eine überlange blonde Ponyfranse kitzelt ihn auf der Nase und er pustet sie immer wieder nach oben. Irgendwie sieht er richtig nett aus.

»Weiß sie eigentlich, was sie für eine Freundin hat?«

Das sagt er mehr, als dass er es fragt. Und ich habe für eine Sekunde das Gefühl, mein Herz bleibt stehen. So verrückt es vielleicht ist, aber ich glaube, ich mag Heike tatsächlich ein bisschen.

»Du bist wirklich klasse«, sagt Felix und wird knallrot bis zu den Schlüsselbeinen. Weiter kann ich nicht gucken, denn genau dort fängt sein T-Shirt an.

Ich drehe mich weg und schaue an dem Haus hoch. »Komm, wir fangen einfach mit dem ersten Haus an.«

Bereits im zweiten Stockwerk wünsche ich mir, dass ich nie hierher gekommen wäre. Es ist schon sehr merkwürdig, dass es ganz nah in der normalen Umgebung Plätze gibt, an denen mit einem Schlag nichts mehr so ist wie sonst. Es ist mitten im Sommer kalt. Und es ist dunkel, obwohl es überall genug Löcher in den Wänden gibt, durch die Licht hereinkommen kann.

Felix schleicht neben mir her und ich sehe ihm an, dass er sich genauso unbehaglich fühlt wie ich. Und dabei hat er noch nicht einmal einen richtigen Grund, überhaupt hier zu sein. Heike kennt er nur vom Sehen und er hat mir erzählt, dass er weiß, wie sehr sie immer über ihn herzieht. Für sie braucht er sich das eigentlich nicht anzutun.

Also macht er es wohl nur wegen mir, dieser Verrückte. Für das bisschen Hilfe bei seinen Marionetten. Irre. Aber es ist irgendwie ein schönes Gefühl.

Als wir die Räume in der vierten Etage durchsuchen, treffen wir zum ersten Mal auf jemanden. Es ist ein Penner, der auf einem Stapel Zeitungen seinen Rausch ausschläft. Wir halten den Atem an und gehen auf Zehenspitzen weiter, damit er bloß nicht aufwacht. Ein paar Räume weiter entdecke ich neben einem kleinen Schutthaufen ein paar Kleidungsstücke und eine Plastiktüte, aus der noch ein

Stück von einer Keksschachtel herausguckt. Waffelröllchen mit Schokoüberzug. Ich ziehe Felix am Ärmel.

»Stopp. Sie muss hier irgendwo sein. Ich wette, das da gehört ihr.«

Er nickt. Aber wir wissen trotzdem nicht, was wir jetzt am besten tun sollen.

Ich atme einmal ganz tief ein, nehme alles, was ich bisher in meinem Leben unter Mut verstanden habe, zusammen und schlage vor: »Also gut, du bleibst hier und ich suche weiter.«

Felix zieht seine Augenbrauen zusammen, scheint aber einverstanden zu sein.

»Wenn etwas ist, schreie ich wie am Grillspieß.«

»Okay.« Er lächelt mich an.

Ich nicke ihm zu und gehe langsam in den nächsten Raum. Das ist gleich ganz anders, so allein. Aber zum Glück weiß ich ja, dass Felix da ist. Ich lege mir eine Hand auf die Brust und habe das Gefühl, dass meine Halsschlagader jeden Moment in tausend Stücke reißt. Trotzdem schleiche ich vorsichtig weiter um die nächste Ecke herum und da steht sie plötzlich vor mir.

»Wieso spionierst du mir nach?«

»Mach ich ja gar nicht«, sage ich idiotischerweise. Aber irgendwie ist es so, als müsste ich mich verteidigen.

»Nee, klar, du verbringst deine Ferien an diesem luxuriösen Ort«, sagt Heike abfällig.

Ich fasse in meine Jeanstasche und ziehe den Zehner heraus, den sie mir vor zwei Tagen gegeben hat. »Ich wollte dir das wiedergeben. Ich lasse mich nämlich nicht bestechen.«

Heike kneift ihre Augen kaum merklich zusammen.

»Man kann jeden kaufen, wenn man genug Geld hat«, sagt sie kühl. Und nach kurzem Zögern: »Aber das da gehört sowieso dir.« Ich verstehe nicht ganz. Sie verschränkt ihre Arme über der Brust und grinst.

»Ich habe es dir geklaut. Irgendwann mal, als wir Sport hatten. Ich bin dir also sogar noch was schuldig.«

»Du warst das?«

Wahrscheinlich erwartet sie jetzt, dass ich ihr erzähle, wie daneben ich so was finde. Aber ich habe selbst schon einmal geklaut. Gina hat vor ungefähr einem Jahr mal ein Paar Strümpfe geschenkt bekommen, die ich so toll fand, dass ich sie unbedingt haben musste. Sie liegen noch immer ganz unten in meiner Spieltruhe. Anziehen konnte ich sie natürlich nie, weil das ja sofort aufgefallen wäre. Aber ich hatte sie wenigstens. Und Gina hat sich halb plattgeärgert.

»Ich kann mir nicht alles zusammenklauen in den Geschäften. Ab und zu muss ich auch mal was bezahlen. Das ist unauffälliger«, höre ich Heike sagen.

Ich sehe sie an.

»Warum bist du überhaupt abgehauen?«

»Weil ich nicht wieder in so einen Kinderknast will.«

»Aber wieso denn? Du hast doch deine Pflegemutter, die sich um dich kümmert.«

»Ja, tolle Pflege«, sagt Heike wütend und lässt sich mit ihrem Rücken an der Wand herunterrutschen. »Ich bin ihr doch völlig egal. Und vor ein paar Wochen, da habe ich mitgekriegt, wie sie am Telefon rumgejault hat, dass sie mit mir nicht zurechtkäme.« Sie schnauft heftig aus. »Das ist garantiert so eine Tante vom Jugendamt gewesen am anderen Ende.«

»Aber das kannst du doch gar nicht wissen.«

»Für so was habe ich eine Nase. Das stinkt nämlich meilenweit nach Verrat.«

»Wenn sie dich hier irgendwann finden, dann musst du ganz sicher wieder ins Heim«, sagt Felix auf einmal hinter mir.

»Wo kommt denn auf einmal dieser Klugscheißer her?«, keift Heike los.

»Ich habe mich alleine einfach nicht hierher getraut.«

»Ach, Gott, wie süß«, sagt Heike abfällig. »Und wann ist Hochzeit?«

Felix ist von einer Sekunde zur nächsten knallrot und auch ich habe plötzlich ziemlich gut durchblutete Ohren. Er legt mir eine Hand auf die Schulter und sagt: »Sie will es nicht verstehen. Also hat sie es auch nicht verdient.«

Ganz so leicht finde ich das nicht.

»Ich kann dich nicht einfach hier allein lassen, verstehst du?«, sage ich zu ihr.

Sie lacht.

»Du bist ein Angsthase, das habe ich schon immer gewusst. Dabei ist es hier vollkommen ungefährlich. Und der Typ dahinten, der ist echt in Ordnung. Der passt richtig auf mich auf.«

Ja, klar, denke ich, und dass Heike wirklich nichts kapiert. Aber was soll ich denn machen, wenn sie nicht mit mir reden will?

»Ich glaube aber, dass es besser ist, wenn du selber wieder zurückgehst, als wenn sie dich hier finden.«

Heike macht einen Schritt auf uns zu.

»Verpisst euch!«, schreit sie. »Haut bloß ab!«

Ich fange an zu zittern und könnte losheulen vor lauter Wut. Doch Felix sagt ganz ruhig: »Wir gehen zu deiner Mutter. Wenn du vor uns da bist, hast du Glück gehabt.«

»Sie ist bestimmt längst weg«, vermutet Felix.

Er lässt sich auf einen Stuhl fallen und ich sehe mich ziemlich geplättet in seinem Zimmer um. Alles ist total aufgeräumt und der Schrank, von dem er mir erzählt hat, steht auch schon unter seinem Hochbett.

»Ich hoffe nicht.« Ich sehe gleich wieder das kleine Gesicht von Heikes Mutter vor mir, als wir ihr erzählt haben, wo sie ist. Ich glaube sie ist glücklich und unglücklich zugleich gewesen. »Vielleicht hättest du ihr das nicht sagen sollen.«

»Was? Dass wir ihr Versteck verpetzen?«

Ich nicke und lasse dabei meine Augen durch sein Zimmer gleiten.

»Es war die einzige Chance, die wir ihr geben konnten, oder?«

Ich glaube, Felix hat recht.

»Trotzdem habe ich unter Garantie jetzt bei ihr verschissen«, sage ich seufzend.

»Ist nicht gesagt. Wenn sie klug genug ist.«

Ja, das ist eben die große Frage. Ich habe schließlich keine Ahnung, wie es ist, in einem Heim zu leben. Und ob man da nicht doch zu viel Angst hat, um klug zu sein.

»Sie steht nicht auf Verrat. Das hat sie doch selbst klar genug ausgedrückt«, erwidere ich.

»Unserer hat aber anscheinend nicht besonders gestunken, sonst hätte sie es wohl früher gemerkt«, versucht Felix, mich aufzumuntern. Aber ich finde das Ganze überhaupt nicht lustig und sehe ihn vorwurfsvoll an.

»Ich wollte damit doch nur sagen, dass es kein echter Verrat war. Wir konnten einfach nicht anders.« Er schaut ziemlich hilflos aus. »Es tut mir leid, wenn ich dich gekränkt habe.«

»Schon gut«, sage ich und finde Felix wieder netter.

Ich nehme mir vor, jetzt erst mal nicht mehr an Heike zu denken.

»Dein Zimmer ist richtig gemütlich geworden«, sage ich und zwinge mich zu einem Lächeln.

»Meinst du das im Ernst?«

»Ja, natürlich.«

Felix guckt skeptisch. »Also, wenn wir schon mal dabei sind . . . Ich, ich steh nicht auf Heuchelei. Du kannst also ruhig ehrlich sein.«

»Ich bin ehrlich«, rufe ich empört. »Ich bin nur nicht so gut drauf.«

»Okay. Na klar, entschuldige bitte.«

Wie oft will er sich denn noch entschuldigen?

Er breitet die Arme aus und geht einen Schritt rückwärts.

»Ich könnte . . . ich meine . . .«, beginnt er plötzlich zu stottern. »Nur wenn du willst . . .«

»Sag schon.«

»Ich dachte, vielleicht würde dich ein kleines Marionettenstück ein wenig ablenken?«

Oh nein! Und nachher passen die Fäden wieder nicht und dann muss alles neu gerichtet werden. Dazu habe ich jetzt wirklich keine Lust. Doch bevor ich etwas einwenden kann, hat er schon seinen Schrank geöffnet und zwei Puppen herausgeholt. Die eine ist ein Mädchen und hat lange gelbe Haare und die andere Puppe ist ganz in Blau gekleidet.

Das heißt überhaupt nichts, sage ich mir und versuche, ruhig zu bleiben.

Ziemlich schnell hat Felix die Fäden durch die Ritzen in der Zwischendecke gezogen und klettert nun die Leiter hinauf. Die Fäden straffen sich und die Puppen fangen an sich zu bewegen.

»Die Kulisse fehlt leider noch«, ruft Felix von oben herunter. »Und auch das Licht. Das ist nämlich viel schwieriger, als ich dachte, aber vielleicht hast du ja irgendwann Lust, mir dabei zu helfen. Einen kleinen Moment noch. Ich muss meine Matratze erst gegen die Wand stellen, damit alle Führungsritzen frei sind.«

Ich nicke und warte. Oben schabt etwas, es raschelt

und Felix ächzt leise. Dann gleitet die blau gekleidete Marionette auf einmal ganz nach hinten in Richtung Schrank.

»Diese Marionette wäre jetzt eigentlich hinter der Kulisse«, höre ich Felix sagen. Dann räuspert er sich. »Also, jetzt geht's los . . .«

Die Puppe mit den blonden Haaren lässt sich auf ein Kissen fallen und tippt mit einer Hand immer wieder auf ein kleines rechteckiges Ding.

»Du musst dir vorstellen, dass sie Fernsehen guckt«, sagt Felix von oben.

Na, ist ja perfekt.

Die Puppe stöhnt: »Puh! Ist mir langweilig.«

Sie rekelt sich auf dem Kissen herum. Plötzlich klingelt es. Die Puppe steht auf, geht auf die andere zu und macht eine Bewegung, als würde sie etwas öffnen.

»In der Kulisse ist dort dann natürlich eine Tür«, ruft Felix mir zu.

Die Puppe in dem blauen Anzug hält der blonden Marionette einen Brief entgegen.

Und mir wird immer komischer im Bauch.

Die blonde Puppe: »Willst du nicht hereinkommen?«

Die blaue nickt und geht auf das Kissen zu.

»Richtige Möbel brauchen wir natürlich auch noch«, sagt Felix.

Wir?

»Klar«, sage ich mit rauer Stimme.

Die Samantha-Puppe legt den Brief auf eine Pappschachtel, die wie eine Kommode bemalt ist und sagt: »Leider gibt es nichts Besonderes im Fernsehen.«

Die blaue Puppe schlägt vor: »Vielleicht solltest du einfach den Brief lesen.«

Die Samantha-Puppe fragt: »Ist der etwa von dir?«

Der Brief ist von Felix, denke ich mit trommelndem Herzen. Wieso bin ich nicht drauf gekommen? Der blaue Junge ist kein Postbote, sondern Felix in seinem schrecklichen Astronautenanzug.

Die Felix-Puppe senkt den Kopf. Die Samantha-Marionette geht zur Pappkommode und nimmt den Brief.

Ich will nicht, dass sie ihn jetzt vorliest!

»Wie hast du das gemacht?«, frage ich deshalb stotternd nach oben.

»Was?«

»Na, dass die den Brief nehmen können.«

Felix' Kopf erscheint an der Kante. Er pustet seine zu lange Ponyfranse hoch und grinst.

»Tja, das war kompliziert.«

Angeber, denke ich. Aber komischerweise gefällt mir das sogar.

»Es funktioniert mit Magneten. Jede Puppe hat in der einen Hand einen Pluspol und in der anderen einen Minuspol. Der Brief ist negativ geladen.«

Ich nicke und kann vor lauter Herzrasen kaum noch atmen.

»Ist dir schlecht?«, fragt Felix.

Ich schüttle den Kopf. »Nee.«

»Also ... das Briefnehmen ist ganz einfach, wie du dir ja bestimmt denken kannst.«

Sicher. Im Moment habe ich allerdings das dumme Gefühl, dass ich nicht mal eins und eins zusammenzählen kann.

»Wenn sie den Brief wieder loslassen sollen, dann muss die Hand mit dem Minuspol unauffällig in seine Nähe, denn gleiche Pole stoßen sich ja ab, wie du weißt.«

Logisch.

Ich starre auf den Fußboden. Von Felix ist nichts mehr zu hören.

Du lieber Himmel, was mache ich jetzt nur?

Und dann tauchen auf einmal seine Füße auf dem Teppich vor mir auf.

Er räuspert sich.

»Soll ich ihn dir noch einmal vorlesen?«

»Nee, schon gut.«

Ich schaue ihn von unten an. Er scheint fast ebenso verlegen zu sein wie ich.

»Du hast nicht gewusst, dass er von mir ist?«

»Nee.«

Er hockt sich zu mir und schluckt ein paar Mal.

»Und was meinst du dazu?«

»Na ja«, sage ich.

Ob man sich zwangsläufig jetzt küssen muss? Ich weiß nämlich nicht, ob ich viel Lust dazu habe. Außerdem habe ich das ja auch noch nie gemacht.

»Ich mag dich wirklich gern«, flüstert er.

Meine Hände fangen an zu zittern. Felix nimmt sie und drückt sie ein wenig.

»Ich dich auch«, sage ich und habe dabei einen riesigen Kloß im Hals.

Er schlingt seine Arme um mich herum und legt seinen Kopf sanft gegen meine Schulter. Dann atmet er einmal ganz tief ein und sagt: »Ein Glück.«

Mama und meine beiden Schwestern sitzen am Küchentisch und spielen UNO. Papa ist nicht mehr da.

»Willst du mitspielen?«, fragt Nadine.

»Keine Lust.«

»Wo bist du denn eigentlich gewesen?«, fragt Mama.

»Bei Felix«, sage ich möglichst harmlos.

»Aha. Und wer ist Felix?«

»Einer aus meiner Schule.«

»Aha«, sagt Mama noch mal.

»Da ist gar kein ›Aha‹ dabei«, erwidere ich. Immerhin hat er mich nicht einmal richtig geküsst.

»Pille ist schließlich auch in Frantek verknallt«, sagt Gina und blitzt mich an.

Ich strecke ihr hinter Mamas Rücken die Zunge heraus.

»So ein Quatsch!«

»Na, dann können wir uns ja alle gegenseitig trösten«, sagt Mama lächelnd.

»Ich aber nicht. Ich bin nicht in ihn verknallt«, empört sich Nadine. »Ich finde ihn nur toll.«

»Klar, so toll, dass du inzwischen sogar Hosen trägst«, frotzelt Gina.

»Ph!«, macht Nadine. »Er liebt doch sowieso nur Anette.«

»Diese dämliche Sexbombe«, schnauft Gina abfällig.

»Die ist aber nett«, verteidigt Nadine die Kellnerin.

»Klar, die Anett ist bestimmt besonders nett . . .«

»Den Rest kannst du dir sparen«, blitzt Mama dazwischen.

»Wieso? Ich weiß doch, was sie sagen wollte«, sagt Nadine.

»Das ist genau der Punkt«, entgegnet unsere Mutter. »Ich mag es einfach nicht, wenn über irgendjemanden, den wir zudem noch nicht mal richtig kennen, so geredet wird.«

Gina reißt ihren Mund auf, aber Mama sieht sie nur ziemlich feurig an.

»Was ist eigentlich morgen mit Papa und dem Familienausflug?«, frage ich dazwischen.

Mama nickt. »Findet statt.«

Sie nippt an ihrem Orangensaft und lächelt vor sich hin. Dann wird sie plötzlich wieder ernst und schaut mich an.

»Ach, übrigens, da hat eine Frau Melchitz für dich angerufen.«

»Ja?«, sage ich und mein Herz fängt gleich wieder an zu bumpern. »Soll ich sie zurückrufen?«

»Nein, davon hat sie nichts gesagt. Ich habe zwar keine Ahnung, worum es geht . . .« Mamas Stimme klingt nur ein bisschen vorwurfsvoll. »Aber ich soll dir ausrichten: Heike ist wieder da.«